아홉수
승무원

장선경 지음

장선경
https://brunch.co.kr/@skchang888

아홉수 승무원

인생은 어차피 고진감래. 글쓰기를 좋아하는 아홉수 승무원입니다 .잘먹고 잘 쉬어주며 새로
운 도약을 위해 숨고르기 중입니다. 아홉수라는 '쉼표'를 통해 오늘도 꿈꾸고 도전합니다.

아홉수 승무원

발행	2021년 01월 04일
저자	장선경
펴낸이	한건희
펴낸곳	주식회사 부크크
출판사등록	2014.07.15.(제2014-16호)
주소	서울 금천구 가산디지털1로 119 SK트윈타워타워 A동 305호 (주)부크크
전화	1670-8316
E-mail	info@bookk.co.kr
ISBN	979-11-372-3101-6

www.bookk.co.kr

아홉수
승무원

장선경 지음

ｂ

CONTENT

인생은
어차피 고진감래

아홉수 : 9, 19, 29와 같이 아홉이 든 수

"

이걸 어째 올해 아홉수가 들었네

일이 잘 안 풀릴거야

누구에게나 10년마다 대운이 들어오고 그 운이 들어오기 전에 꼭 거쳐야 할 시점이 바로 아홉이라는 단계인데 아홉은 10이 아니어서 '미완성된 상태'를 뜻한다고 한다. 그래서 이때엔 몸이 아프고 하는 일이 안되기도 하며 매우 힘든 시기라고 했다. 나 또한 불안했고 두려웠다. 긴 노력 끝에 승무원이 되었지만 모든 일이 순탄치 만은 않았다.

스물아홉, 아홉수가 되던 해

전 세계에 생각지도 못한 역병이 돌았고, 더 이상 회사를 다니지 않게 되었다. 같은 꿈을 꾸며 달려왔던 수많은 동기들을 포함한 모든 항공업계의 나의 동료들이 힘들었고 아팠다. 너나 할 것 없이 전 세계의 항공업계는 직격탄을 맞았고 각종 신문과 뉴스엔 온통 인원감축, 해고, 자살과 같은 참담한 글들이 매일같이 올라왔다. 어느 누군가는 심각한 우울증과 좌절감으로 정신과 상담을 받기도 했고, 또 어느 누군가는 더 이상 살고 싶지 않다며 자살을 암시하는 긴 유서의 글을 올리기도 했다.

그런 글을 볼 때마다 말로 표현할 수 없을 만큼 비참했고 답답했다. 익명의 위로의 댓글을 달면서도 가슴이 먹먹했고 눈물이 났다. 그리고 수많은 댓글들을 봤다. '그 직업이 아니어도 세상에 할 수 있는 일은 많다' '콧대만 높아졌다' '오버하지 말라'는 등등. 우리들도 알고있다. 세상에 할 수 있는 일은 너무나 많다는 걸. 하지만 승무원도 그저 월급쟁이일 뿐이다. 어느 누군가에겐 생계의 연장선이었을 테고 또 어느 누군가에겐 포기할 수 없는 꿈이었을 각자만의 사정이 있는 거니까.

언제 끝날지 모르는 역병과, 회복될 기미를 보이지 않는 회사의 재정적 상황과 그로 인해 인생에서 힘든 시기를 겪고 있는 수많은 동기와 동료들을 보며 내가 걸어온 길을 찬찬히 돌아보게 되었다. 그리고 글을 쓰기 시작했다. 나를 위로하고 보듬기 위해 시작한 부족한 나의 이야기가

여전히 비행을 꿈꾸는 예비 승무원 분들께

코로나로 인해 힘들어하는 항공업계의 모든 동료 분들께

나아가 아홉수 라는 힘든 시기를 겪고 있는 나와 같은 분들께

지금 이순간에도 부족한 나의 글을 읽어주시는 귀한 독자 여러분께

같이 공감하고 위로하며 지난날의 내 자신을 맘껏 보듬어줄 수 있는 '쉼'의 공간이 되길 기원하며.

멀리서만 봐도 한눈에 보이는 휘황찬란 유니폼에 자본주의 미소를 자랑하며 삼삼오오 짝을 이루어 지나가던 내가 알던 예쁜 승무원 언니는 잊자. 화려함 따위는 기대하지 않는 게 좋다.

인생은 어차피 고진감래(苦尽甘来)

힘든 일 뒤엔 반드시 좋은 일이 올 테니까

곧 다가올 인생의 봄날을 위하여

아홉수 승무원의 이야기 지금부터 시작합니다

쓸 고(苦)

아홉수 승무원의 탄생

직업을
선택하는 기준

> 직업(職業): 생계를 유지하기 위하여 사신의 적성과 능력에 따라 일정한 기간 동안 계속하여 종사하는 일

휴학을 하여 영국 어학연수를 다녀오게 되어 남들보다 한발 늦은 나이에 졸업을 했다. 스물 다섯에 졸업을 하고 졸업식도 가지 못한 채, 바로 취업을 했다. 한중 리포터 및 아나운서라는 꿈을 안고 한 기획사에서 1년 동안 중화권 담당 마케팅 업무를 담당했다. 아이돌 친구들과 함께 라이브 진행 MC를 맡기도 하고 일주일에 한 번은 한중 콘텐츠를 위해 직접 기획부터 제작, 편집까지 혼자 1인 크리에이터 (MCN) 이라는 이름 아래 영상제작물을 만들기도 했다.

내가 찍은 영상이 포털에 올라가고 모바일 화면 속에 비추어지는 나의 모습이 예뻐 보였고 만족스러웠다. 심지어 아이돌 친구들에게 중국어 과외까지 해주는 여러 역할을 맡아했다. 여러 업무를 맡다 보니 처음 직장생활을 마주하게 된 내게 있어 시간이 지나면 지날수록 더욱 부담이 됐고 결정적으로 신생회사였기에 중국 분야에 관련해서 딱히 나를 가르쳐줄 사수 또는 선임이 없었다.

홀로 많은 분야를 감당하기 힘들었고, 1년을 버티다 회사를 그만두기로 결정했다. 회사를 그만두고 아나운서의 길을 가고 싶었지만 그 꿈과 점점 멀어지고 있는 나 자신을 발견했다. 아나운서가 되고 싶은 마음은 가득했지만, 현재로써 내가 가장 잘할 수 있는 일을 우선 점검해 볼 필요가 있었다. 나를 가장 먼저 아는 것이 중요했다.

첫째, 나는 여행을 좋아했고

둘째, 중국어와 영어라는 언어를 쓰면서 전 세계 각국 사람들과 매일 소통하고 싶었으며

셋째, 상해에서 일을 하고 싶었다.

인생의 터닝포인트가 되어버린 상해라는 아름다운 도시에서 이젠 유학생의 삶이 아닌 진짜 사회인이라는 이름 아래 독립적인 삶을 살며 내 꿈을 펼치고 싶었다. 상해는 내게 그런 존재다. 또 다른 인생을 꿈꾸고 살아가게 해 주었고 어마어마한 각국의 다양한 친구들을 사귀게 해 줌으로써 나의 가치관과 내 삶을 통째로 바꿔주었다. 결정적으로 내가 승무원이라는 꿈을 꿈꾸게 해 주었다.

여행과 언어를 쓸 수 있는 직업으로 가장 먼저 떠오른 건 항공사 지상직원이었다. 비행과 수영을 가장 무서워했기에 지상직을 목표로 강남의 유명한 학원으로 바로 달려가 상담을 받고 곧장 학원을 다니기 시작했다. 처음 보는 수강생들과 어색하지만 서로 앞에 나가 자기소개도 하고, 면접 모의고사를 준비하고 테스트하면서 점점 항공사가 원하는 이미지, 말투, 면접 용 기술을 배워 나갔던 것 같다.

그렇게 한 달도 채 안되어 어느 날 선생님께서 지상직 공채 말고 객실 승무원 원서도 같이 넣어보라고 하셨고 지상직 승무원을 꿈꾸러 갔다가 정작 지상직 면접은 보지도 못한 채 선생님 말 한마디에 덜컥 객실 승무원 시험을 먼저 준비하게 되었다. 영어와 중국어 스펙이 뛰어나니 외항사를 추천해주셨고 그때 마침 상해 베이스의 동방항공 채용이 곧 뜰 것 이라는 정보를 들었다.

엄청난 규모의 외국계 대기업 메이저 항공사에서 중국어와 영어를 사용하며 유럽, 아시아 승무원들과 일할 수 있는 글로벌한 환경. 내가 그토록 원했던 상해에서 일을 할 수 있다는 것. 전 세계를 무대로 여행하며 사는 꿈의 직업. 내가 원하는 3가지 조건을 모두 만족하고 있는 완벽한 회사였다. 어느 때 와 같이 지내다 며칠 후 그렇게 기다리고 기다린 동방항공의 공채가 떴고

점점 나의 꿈에 가까워지기 시작했다.

미인을
찾아서

미인대회(美人大會): 아름다운 여자를 선발하는 대회

“
미인대회는 준비하고 있죠?

여느 때와 같이 수업 준비를 하는데 강사 선생님께서 말씀하시기를 동방항공은 오래 전부터 미인대회 출신자를 좋아한다고 하셨다. 심지어 면접 때 워킹 연습과 전체 사진을 찍기 때문에 어서 대회를 준비하라고 재차 강조하셨다. 그 날 이후로 뭐에 홀린 듯 각종 미인대회 정보를 찾기 시작했고 친한 아나운서와 언니와 함께 대회준비에 뛰어들었다. 그 언니는 이전에 미스 유니버시티라는 큰 미인대회에서 수상한 경력이 있었고 그 외에도 다수의 미인대회 타이틀이 있었기에 상을 한 번도 타보지 못한 내 입장에서 언니가 무척이나 부러웠다. 언니가 자주 다니는 샵에서 소위 미인대회 전문이라는 원장님께 헤어와 메이크업을 받고, 대회에 출전할 드레스를 고르며 본격 대회 준비를 시작했다.

대회는 자유복 심사와 당일 준비된 골프웨어, 마지막으로 피날레인 드레스 이렇게 총 3파트로 진행되었고 첫 번째 자유복 심사 때엔 아나운서 복장의 단아한 콘셉으로 차분한 모습을 보여줬고, 두 번째엔 당일 준비된 골프웨어를 입고 워킹을 하며 섹시하고 활기찬 컨셉으로 손하트를 보였다. 세 번째 피날레인 드레스는 우아한 컨셉으로 몇 주간 연습했던 파워워킹과 함께 각종 포즈를 선보였다.

옷을 갈아입는 대기시간엔 언니와 몇몇 사람들에게 전문 헬퍼가 붙었는데 머리도 손질해주고 옆에서 옷 갈아입는 걸 도와주는 모습을 보자 혼자 낑낑거리며 드레스를 입는 내 모습이 왠지모르게 초라해 보였다. 언니의 드레스는 너무나 화려하고 예뻤기 때문에 당연히 1등을 할 줄 알았다. 그러나 결과는 정말 놀랍게도 나에게 세 번의 상이 주어졌다. 놀랍게도 3관왕을 동시에 받은 첫 참가자가 되었다.

1등도 아니었고 비싼 드레스와 액세서리도 아니였을 뿐더러 남들 다 있는 전문 헬퍼도 없었다. 이전 수상경력도 없는 평범한 참가자로 지원했지만 말로 표현 할 수 없을 만큼 짜릿하고 행복했다. 지금 생각해보면 참 예쁜 참가자들이 많았는데, 하나도 받지 못한 분들도 많았다. 그런 면에서 내가 받은 상은 어쩌면 서툴지만 당찬 내 모습에 수고했다고 주신 기회의 상이었을까 반짝반짝 빛나는 수많은 경력의 참가자들 앞에서 기죽지 말라는 응원의 상이었을까

이유야 어쨌건

상을 타지 못했던 지난날의 한을 다 풀었다!

나는 이제 여한이 없다.

승무원 할래
연예인 할래?

"

텔레비전에 내가 나왔으면 정말 좋겠네~ 정말 좋겠네.

누구나 한 번쯤은 불러봤을 노래 누구나 어렸을 때 한 번쯤은 꿈꿔봤을 직업 연예인. 화려하고 빛나는 겉모습과 달리 유독 우리나라에서 자녀가 연예인을 준비한다거나 예술가의 길을 가겠다고 하면 많은 부모들이 극구 반대를 하신다. 시대가 많이 변했음에도 불구하고 여전히 부모님들에게 이 직업은 '딴따라','배고픈 직업'이라는 수식어와 함께 불안정한 직업이라는 인식이 깊숙히 박혀있다.

선호하는 배우자 직업 순위만 봐도 한눈에 알 수 있듯 1위는 여전히 안정성을 고려한 공무원을 선호하는 반면 유독 예체능 계열은 몇 년째 여전히 하위권을 웃돌고 있는 걸 알 수 있다. 무엇보다 보통의 취업처럼 자격증이나 준비서류만으로는 실력을 딱히 증명할 길이 없을뿐더러 고정적인 수입이 없는 '프리랜서'라는 것이 가장 불안한 점이 아닐까.

사실 나 또한 연예인이 꿈이었다. 직업으로 삼고 싶을 만큼! 나는 뮤지컬을 좋아했고 사람들 앞에 나서는 게 좋았다. 그리고 tv에 나와 유명해져야 그게 성공한 인생이라고 생각했다. 하지만 시간이 흐르고 나이가 들면서 결코 눈에 보이는 게 다가 아니라는 것을 깨달았다. 그리고 어른들이 말하던 배고픈 직업이라는 말이 대충 어떤 뜻인지 알게되었다. 직업이란 단순히 좋아하는 일로 삼기엔 현실적인 문제가 존재한다는 걸.

철없던 어린 시절 기획사만 들어가면 모두가 다 유명한 연예인이 될줄 알았고 그들의 명성만큼 엄청난 돈을 벌 줄도 알았다. 하지만 주변에서 봐온 현실은 너무나 달랐다. 지금도 여전히 몇 백 명의 연예인, 아이돌 지망생들이 꿈을 위해 달려가지만 혹독한 연습생 시절을 거쳐 데뷔를 한들 큰 빛을 보지 못한 채 방황하는 친구들이 수두룩했고 탑급 연예인, 탑급 아이돌이 되기란 하늘의 별따기였다.

회사를 위해 20대 청춘을 다 바쳐 수년간 가수 생활을 해왔지만 긴 연습생활 탓에 남들처럼 제대로 된 자격증 하나 없을뿐더러 모아 놓은 돈도, 벌어들인 수익조차 없었다. 연예인의 꿈을 꾸며 20대 때 화려한 외모와 함께 스크린에 조금씩 얼굴을 비추며 소위 잘 나가 보이던 친구들은 몇 년이 지난 지금까지도 여전히 고정적인 월급 없이 오디션을 보러 다녀야 했고, 남들이 매달적금과 함께 4대 보험을 들어가며 나라에서 제공되는 여러 혜택을 받고 있을 때 그들은 그 어떤 혜택도 받지 못한 대상이 되어버렸다.

보이는 직업이라는 장점이자 큰 단점 때문인지 작품 활동을 하지 않을 때에는 혹여 대중들에게 잊히지 않을까 하는 걱정과 불안함에 우울증에 걸린 친구들도 있었고 평소에도 본인이 무엇을 하는지, 뭘 했는지 마치 대중들에게 보고하듯 타인의 지나친 인정과 관심에 목말라 있는 친구들을 보면서 한편으로 안쓰러웠다. 그 모든 게 사실 결핍이기에.

주변 친구들이 하나 둘 씩 각 분야의 전문가가 되어 사회적으로 자리를 잡고 커리어를 쌓아가는 반면, 언제 뜰지 모르는 불투명한 업계의 특성상 그 자리에서 한정된 분야와 능력으로 진로에 대해 고민하고 좋아하는 것을 직업으로 삼았지만 현실이라는 큰 벽에 부딪혀 점점 괴리감을 느끼는 친구들을 보면서 더욱 느꼈다. 결코 '좋아하는 일'만으로는 모든 걸 채울 수가 없다는 걸

결국 직업이란,

내가 잘할 수 있는 것을 찾고 그걸 최대한 즐기는 것뿐이라고.

좋아하는 것은 그저 취미로 두라고. 나만의 탈출구처럼!

예를 들어 뮤지컬 배우가 되고 싶을 만큼 노래를 너무 좋아했지만 이게 나중에 직업이 되어 무조건 해야만 하는 '일'이라고 간주되는 순간 더 이상 예전만큼 즐겁지도 신나지 않았다. 지금 쓰는 글도 마찬가지다. 그저 단순히 좋아서 내 마음대로 원하고 싶을 때 글을 쓸 때면 그

행위 자체가 즐거우니 잘 써지기 마련인데 매달 마감기한을 두고 원고를 제출하고 도저히 떠오르지 않는 내용을 위해 머리를 쥐어짜듯 억지로 글을 써서 돈을 벌어야 한다면? 그땐 더 이상 좋아하는 일이 아니다. 그저 생계를 위한 수단일 뿐.

좋아하는 일은 좋아하는 것 그 자체로 두어야만 한다.

그래서 내가 잘하는 것을 생각해 보기로 했다. 오랜 해외유학생활 덕분에 자연스럽게 외국어를 잘했고, 영국에서의 홈스테이 생활과 상해 기숙사 생활 덕분에 다양한 나라의 친구들과의 교류에 능했다. 결정적으로 해외생활에 적응하는데 큰 두려움이 없었다. 이 세 가지를 살린 직업이 바로 해외생활을 베이스로 한 외국계 항공사였다.

나의 꿈의 도시 상해에서 다양한 나라의 동료들과 함께 내가 가장 잘하는 언어를 활용하며 전 세계를 무대로 일하는 직업. 잘하는 것에 기준을 맞추다 보니 여러 가지의 진로가 눈에 보였고 그 후로는 그 직업에 부합하는 모든 조건을 갖추기 위해 달리기 시작했다. 그리고 마침내 직업이 되었다.

그럼 좋아하는 일은 직업이 될 수 없을까? 아니다 될 수 있다. 굳이 tv에 나오지 않아도 1인 방송시대에 누구나 내가 내 채널의 주인공이 될수 있고, 유튜브나 다른 플랫폼을 이용해서 충분히 방송을 할 수 있는 명실상부 개인 방송의 시대다. 평범한 직장인에서부터 여러 전문직종의 사람들이 자신만의 콘텐츠로 방송을 하고 그 취미와 장점을 살려 충분히 수익을 창출하는 시대가 되었다. 투잡 쓰리잡 아니 텐잡도 가능한 시대다. 승무원이라는 주제로 글을 쓰고 여행이라는 테마로 유튜브 방송을 하는 나의 경우처럼 말이다!

'텔레비전에 내가 나왔으면 좋겠네'라고 노래를 부르던 시대는 끝났다. 핸드폰만 있다면 누구나 자신만의 분야에서 연예인이 될 수 있는 시대다. 하지만 우선순위를 두라는걸 말하고 싶다. 내가 충분히 잘하는 것을 먼저 발견해 전문성을 키운 다음, 취미로 다른 것을 시작해도 늦지 않다. 만약 내가 좋아하는 일로 몇 년간 고정적인 소득 없이 살아왔지만 그럼에도 불구하고 그 일이 미치도록 좋다면 하면 된다.

하지만 더 이상 좋아하는 일이 앞으로의 진로와 생계를 걱정할 정도로 내게 큰 고민과 불안감만 가져다 준다면, 그땐 내가' 잘할 수 있는 일'을 찾아 곰곰이 생각해보았으면 좋겠다. 어쩌면 내가 생각지도 못한 다른 길을 안내해 줄지도 모르니까

철없었던 어린 시절 유명한 연예인이 되기만을 꿈꿨던 지난날보다 잘하는 것을 재빨리 찾고 좋아하는 일을 함께 하는 지금이 더 행복하다. 그리고 지금도 여전히 그때 예술가의 길로 가지 않은 것에 대해 다행이라고 생각한다.

지금만큼 행복하진 않았겠지!

400:1의 미션

실제 면접 후기 (1-4차)

동방항공 객실 승무원 면접은 총 4차 면접으로 진행된다. 7명이 한 조로 구성되며 15분 단위로 오전부터 오후까지 진행된다. 1차 땐 공통질문까지 총 9개의 질문을 받았고 2차 땐 들어가자마자 리을자 워킹을 시작했다. 이때 면접관님들이 대포 카메라로 사진을 찍으신다. 마치 모델 면접을 예상케 한다. 공통질문으로 나의 장단점을 중국어로 말했고 그 후로 나를 제외한 다른 지원자분들 모두 개인 영어 질문을 받으셨다. 이때 떨어진 줄 알았는데 개인 질문이 없다고 해서 떨어지는 건 아닌가 보다.

3차 때는 특기 위주로 질문이 많이 나왔다 .내 특기는 뮤지컬 이였는데 노래를 불러달라고 하셔서 하룻밤이 천년 이라는 노래를 불렀다. 어떤 분은 트와이스의 T.T를 추시기도 하고 말 그대로 춤과 노래가 난무한 면접 장 이였다. 뮤지컬을 좋아하고 배웠던 내가 항공사 면접 장에서 노래를 불러서 합격할 줄이야. 인생은 정말 한 치 앞도 모르는 것 같다

3차 면접 장에 들어가기 전에 신체검사를 하는데 키가 작은 분은 다시 암리치를 측정한다. 키 몸무게 재고, 스타킹 벗은 후에 배, 손, 팔, 다리 흉터 검사를 진행하고 색맹검사, 혈압까지 마친 후 2 차와 같이 워킹 후 면접관님 앞에서 사진을 잠깐 찍는다. 면접관님은 총 다섯 분에 뒤에 현직 승무원 두 분이 계셨다. 주로 이러서 기반 질문이었고 편안한 분위기였다. 특기가 있는 사람들은 그쪽으로 많이 물어보시니 가장 자신 있는 강점으로 준비하면 좋을 것 같다. 결과는 현장발표였고 끝나고 3분 이내에 바로 호명을 해주시는데 호명을 받는 사람이 바로 다음날 4차 면접의 주인공이 된다.

4차 면접은 이력서 위주보다는 평이한 질문이 나왔다. 오늘 뭐 타고 왔니? 가족은 몇 명이니? 오늘 화장은 네가 직접 했니? 옷은 어디서 샀어? 얼마 정도 해? 동생 있니? 이런 질문을 받았고, 대부분이 대화하듯 유머 섞인 편안한 분위기였다. 질문은 모두 중국어였고 중국본사 부사장 및 고위 직원분이 면접을 진행하신다. 개인적으로 영어 중국어 모두 중시했다. 그렇게 떨리는 마음으로 면접을 끝내고 4시 반쯤

합격 문자를 받았다. 이렇게 2달간의 준비과정이 끝이 났다.

"

나는 아직도 최종 합격 문자를 받던 택시 안에서의 그 날을 잊을 수가 없다.

축하한다는 최종 합격 통지를 받고 나서 같이 마지막 면접을 봤던 친구들과 내리자마자 문도 채 닫지 못한 채 부둥켜안고 고래고래 소리를 지르며 울고 또 웃었다. 놀란 택시기사 아저씨가 무슨 일이냐고 묻자 우리 합격했어요 라며 연신 소리를 질렀고 축하한다는 기사 아저씨의 말에 다시 한번 진짜 합격했다는 걸 실감할 수 있었다. 그날의 성취감과 행복은 도저히 말로는 형용할 수 없을 만큼 짜릿했다. 인생의 승리자 같은 기분 이랄까. 내 인생에서 가장 기쁘고 행복했던 순간이 언제냐고 묻는다면 나는 1초의 망설임도 없이 그날 택시 안이라고 말할 수 있다. 몇 년이 지난 지금까지도 그때를 생각하면 가슴이 쿵쾅쿵쾅 하니 말이다.

그렇게 몇만 명이 넘는 지원자들 가운데 80명이 뽑혔고, 한 명도 붙기 힘들다는 최종면접 때 모든 지원자가 전부 다 붙는 운이 좋은 대박 조가 되었으며, 우리는 400:1의 주인공이 되었다. 그 길고도 길었던 두 달 여간의 마침표를 찍고 나는 마침내 예비 승무원이 되었다.

떨리는 최종 면접장을 들어가는 순간까지 어쩌면 동기가 될지 모르는 친구들과 함께여서 두렵지 않았고, 합격통지를 받는 마지막 순간까지 함께 기도하고 서로 응원해줬던 덕분인지 하느님은 우리 셋 모두를 합격시켜주셨다. 그렇게 나의 간절했던 첫 기도를 들어주셨고 간절히 꿈꾸면 이루어진 다고 했던가.

내 20대의 절실한 꿈은 현실이 되었다.

나는 이제 두려울 것이 아무것도 없다

제가 트레이닝은
처음입니다만

"

신은 견딜 수 있을 만큼의 시련과 고통을 준다

지옥의 트레이닝을 혹시 아는가 흔히들 항공사 안전 응급 탈출 교육은 정신적 육체적으로 힘들기로 유명한데, 그 중에서도 우리 회사 교육방식은 타 항공사에 비해 어렵고, 지극히 악명 높은 훈련으로 유명했다. 트레이닝 기간 또한 대한항공의 2개월에 비해 우리는 6~9개월! 2배나 되는 시간과 함께 중국어와 영어라는 언어를 둘 다 배워야 하는 악독하고 힘든 트레이닝이었다.

합격이 되자마자 기다리기라도 했듯 바로 교육이 진행되었고, 80명의 동기들이 3개의 반으로 나뉘어 상해로 입국했다. 매일매일 다 같은 교육생 옷을 입고, 교육실에 앉아 수업을 듣고, 필기하고, 토론하고, 스터디를 하고, 수영도 하고 비행기 동체를 만지며 보냈다. 수없이 많은 비행기들의 크기와 속도 범위 기종, 좌석 수, 특이사항, 밀 체크, 듀티, 긴급 용품, 안전장비, 기내안내방송, 탈출방법 훈련, 비상시 슬라이드의 종류, 구급 방법, 온갖 구령을 중국어와 영어로 외우고 밤새 서로 팀을 나눠 탈출 연습을 하고 함께 먹고 자는 시간들을 보냈다.

약 두 달간 진행된 4번의 한중영 면접합격 후, 상해에서의 6개월간의 트레이닝 및 테스트, 한 달간의 한국 을지로 본사 교육, 90시간의 실습비행, 마지막으로 2번의 검사 비행까지 그렇게 8개월의 과정을 수료하고 나는 정식 승무원이 되었다. 240일간의 매 순간순간 하루에도 몇 번씩 천국과 지옥 사이를 오가는듯한 시간들이었다. 그만큼 행복했고 또 그만큼 힘들었기에. 하지만 그때의 눈물과 노력들이 있었기에 지금의 내가 있는 게 아닐까.

시련이 없다는 것은 축복받은 적이 없는 것

다나까
몰라요?

| 시니어리티 : 항공사의 선후배 문화

어느 항공사마다 각 기수 별로 행해지는 시니어리티는 존재하겠지만 우리 회사의 경우 외국항공사임에도 불구하고 가장 큰 이슈가 되었던 건 한국인 선후배 간의 시니어리티 였다. 우리 기수가 들어가고 1년차 쯔음부터는 직장 내 괴롭힘 법이 이슈화가 되면서 점점 꼰대 문화가 사라졌지만 항공사엔 꼭 이상한 문화가 존재했다.

1. 다나까 사용 필수

요즘 군대에서도 아직 다나까를 쓸까? 동방 군대라고 불리는 우리 회사에선 '요'자도 허용되지 않았다. '요'는 오직 선배가 후배에게 말할 때만 가능한 것. 아직 다나까가 익숙지 않았던 신입 초반 시절, 윗 기수 선배와의 대구 퀵턴을 돌아오는 차 안이었다.

"00 씨, 오늘 정말 다~ 잘하셨는데 아까 저랑 대화하다가 잠깐 '요'라고 말했던 적 있는거 아시죠? 앞으로 말끝에 '요'자 붙이시는 거만 좀 주의해주실래요? (호호)"

순간 당황했지만 나는 그저 신입 쭈글이일 뿐이다. 여기서 할 수 있는 말은 죄송하다는 말 뿐

"아 네 죄송합니다. 다음부턴 주의하겠습니다"

같은 한국인임에도 불구하고 외롭고 멀게만 느껴지는 이유는 뭘까

2. 어피어런스 검사, 한중영 경위서 작성

어피어런스 검사 (헤어, 화장, 손톱, 유니폼, 구두 등), 립스틱 색깔이 너무 진하거나 옅다는 이유만으로 벌점, 잔머리가 삐져나오는 등 헤어가 맘에 안 든다며 벌점, 등등 별 생트집을 잡아서 걸리게 된다. 걸리고 나면 한 항목당 5점 감점에 한국어 중국어 경위서 제출을 요구하며 상황에 따라 어떤 선배는 영어로 요구하기도 한다. 선배라는 이유만으로 경위서를 쓰게 하고 마음에 안 드는 후배는 이상하게 소문내기도 하고 인격모독 등의 말을 하는 등 정신적 스트레스를 주기도 했다. 머리를 아무리 쥐어짜서 올린 들 잔머리 하나 삐져나오지 않는 사람이 어딨을 것이며, 같은 화장품을 쓴들 사람마다 피부톤이 다른데

어찌 다 똑같을 수 있을까.

3. 중국어로 된 기내 응급 설비 완벽 암기 및 테스트

30페이지짜리의 중국어를 토씨 하나 안 틀리고 줄줄줄 외워야 한다. 살면서 이렇게 열심히 암기했던 적이 있을까. 시험 스트레스로 건강한 내가 하혈까지 했으니. 참 슬프지 않을 수가 없다. 윗 기수의 경우 다 외울 때까지 안 보내고 세워놓다가 쓰러졌다는 전설의 소문도 있다고 한다.

4. 선배보다 앞질러서 가는 건 금물, 버스 탑승 시 가장 늦게 타서 가장 먼저 내려서 대기

버스를 탈 때는 무조건 선배보다 늦게, 내릴 때는 그 누구보다 빠르게 먼저 내려야 할 것. 외국 승무원들의 경우 다 같은 호텔에 묵는데 차를 타고 이동하거나 호텔에서 늘 군기 잡혀 있는 모습을 보곤 일본, 프랑스 친구들이 항상 물어본다. 너네 왜 그렇게까지 하냐고 '글쎄 나도 잘 모르겠다'

5. 인사는 반드시 안녕하십니까 몇 기 승무원 + 본인 이름으로 통일

저 멀리서 보이는 검정 긴 생머리에 무릎이 다 나온 운동복 무리들. 나의 동기일 수도 선배님일 수도 있지만 일단 흑발의 무리들을 보면 확인 즉시 무조건 뛰어가서 인사라도 해야 하는 법이다.

"(최대한 우렁차고 씩씩하게) 안녕하십니까? 0기 신입승무원 000입니다!!"

다 똑같이 생긴 비슷한 이미지와 패션 때문에 가끔은 친한 동기에게도 멀리서 인사한 적도 다반사. 밥을 먹을 때도, 이동을 할 때도 눈을 이리저리 굴려야 한다. 혹시나 선배가 계시진 않은지 내가 인사를 드리지 못하고 지나친 건 아닌지. 호텔은 온통 선배님 지뢰밭. 폭탄이 터지기전에 일어나서 인사를 드려야 사는 법. 물론 좋으신 선배님들도 많으셨다. 하지만 열 분의 좋은 선배님들이 계서도 군기를 잡는 단 한 분의 고기수 선배만 계서도 분위기는 후배 잡는 쪽으로 가기 마련이다. 별의별 사람들이 별의별 문화를 고수하는 이곳 항공사. 어느 회사를 가도 이곳보단 덜하겠지.

선배라는 이름 아래 행해지는 권력, 시니어리티

선배와 후배 사이, 언젠가 가까워질 수 있을까?

다할 진(盡)

승무원을 꿈꾸는 친구들에게

승무원 되는 법
-준비 편

나를 파악하기

나는 어떤 성격인지 어떤 일을 할 때 행복한지 나의 환경, 가치관, 인간관계, 목소리 등 나라는 사람을 표현할 수 있는 모든 것들을 A4용지에 쭉 나열해보자. 그럼 어느 정도 내가 무엇을 좋아하는지 '어떤'성격인지가 눈에 보인다. 자신을 객관화하여 한 발짝 멀리 떨어진 곳에서 나 자신을 바라보는 연습이 필요하다. 종이에서 도출된 키워드와 문장을 보고 내가 잘할 수 있는 것들을 얼라인 시키면 된다. 예를 들어, 외향적이며 사람 만나는 것을 좋아하며, 낯선 환경, 새로운 것을 도전하기를 좋아한다면 사람을 만나는 수많은 직업들을 적어보자. 강사, 크리에이터, 승무원, 아나운서, 영업직, 통역 등등할 수 있는 일은 정말 많다. 단지 내가 찾지 못할 뿐.

지피지기면 백전백승이라고 했다. 나를 알아야 다른 사람을 상대할 수 있다. 특히나 승무원처럼 사람을 대해야 하는 직업은 기본적으로 '사람'을 좋아해야 한다. 그리고 낯가림이 없어야 하며 처음 보는 사람들과도 잘 어울릴 줄 알아야 한다. 우리 회사의 경우 매 항편마다 같이 일하는 팀이 달랐기에 낯선 사람들과 여행을 가더라도 소극적이고 내성적인 성격 때문에 잘 어울리지 못해 오히려 스트레스만 쌓인다는 동기들도 봤다. 승무원은 결코 여행만 하는 직업이 아니다. 결국은 회사 생활이고 같이 일하는 동료, 손님, 상사 등 나와 가장 오랜 시간 부대끼는 존재 역시 '사람'이기에 본인의 성격이 쉽게 상처를 받거나 소심하다면 남들보다 조금 더 힘들 수도 있다.

승무원이라는 직업에 대한 이해

"

"승무원이란 승객의 안전과 편의를 위해 서비스를 제공해주는 직업"

"비상상황 발생! STS!"

승무원이라는 직업은 서비스업이 맞다. 하지만 단순 서비스만 하는 직업은 결코 아니다. 사실상 진짜 업무는 비행기가 비상 착륙하거나 긴

급상황이 발생했을 때 손님들을 안전하게 대피시키는 사람이다. 안전이라는 가장 중요한 임무를 맡은 상태에서 승객의 서비스를 돕는 것이기에 훈련 교육만 몇 개월, 매년 정기 복습훈련을 하는 이유도 바로 여기에 있다.

탑승부터 하기까지 겉은 웃고 있지만 속으로는 언제 어떻게 발생할지 모르는 예기치 못할 상황에 늘 긴장할 수밖에 없는 직업이다. 서비스를 중요시 여기는 국내 항공사에 비해 매주 바뀌는 안전규정 테스트와 화상방지를 대비해 기내에서 컵라면이나 뜨거운 물을 제공하지 않는다는 점, 브리핑 때도 매번 5대 안전설비를 줄줄이 암기하여 말해야 하는 등 매 순간 안전을 일깨워주는 직업이다.

승무원의 외모에 대해서도 말이 참 많은데 예전에는 외모가 무조건 특출 나게 예뻐야 한다는 편견이 많았지만, 사람을 만나고 서비스가 주된 업무 인만큼 깔끔하고 단정하며 편안함을 주는 호감 형 얼굴이 가장 많았지 너무 튀거나 예쁜 사람은 드물었다. 늘 느끼지만 관상보단 심상이 먼저다

승무원 이미지, 역량, 자세 파악

도대체 승무원의 이미지란 뭘까? 승무원 준비생이 가장 궁금해하는 질문 첫 번째가 바로 '승무원 이미지'이다. 보통 승무원 이미지라고 하면 단아함, 우아함, 청순함, 친절함 등등 편안하고 웃는 상의 이미지를 말하는데 이 승무원 이미지라는 건 각 항공사마다 얼추 정해놓았다는 것. 결론은 항공사마다 추구하는 이미지가 제각기 다르다.

대한항공은 단아하고 귀여운 흰 강아지상?

아시아나는 세련되고 도도한 여우상?

제주항공은 동글동글하고 상큼한 감귤상?

나는 워낙 이목구비가 뚜렷한 편이라 국내보단 외항사에 어울릴 것 같단 애기를 많이 들었었고, 처음부터 내 최애 항공사는 중국 항공사였기 때문에 그 회사가 좋아하는 이미지와 더 닮아가려고 했던 것 같다. 일부러 스터디를 갈 때면 입술색도 더 찐하게 바르고 머리도 흑발로 염색했다. 지금의 동기들을 보면 확실히 이목구비가 뚜렷하고 레드립과 네이비의 유니폼이 잘 어울리는 흰 피부가 많았다.

"

내가 생각하는 이미지란 타고난 자기 얼굴에 분위기가 더해진 것이라고 생각한다.

이미지가 한 순간에 바뀌기는 어려우나, 화장법이나 습관으로는 조금씩 바꿀 수 있다. 눈썹을 조금 더 연하게 일자로 그린다던지 화장을 조금 옅게 해서 단아하고 순한 인상을 만들 수 있고 말투와 호흡만으로도 차분한 이미지를 줄 수 있다. 입꼬리가 처져 웃는 상이 아니면 입꼬리 보톡스와 입술필러를 맞아도 좋고, 눈가 주름이 신경 쓰이면 눈주름 보톡스를 맞으면 된다. 그리고 매일 거울 보면서 개구리 뒷다리를 외쳐라. 가장 큰 효과를 봤다. 할 수 있는 건 다해보자.

승무원의 역량이라고 하면 답답하고 좁은 기내에서도 지치지 않을 체력, 서비스 마인드, 언어능력, 호감 가는 첫인상과 미소, 팀 워크, 새로운 환경에 대한 적응력, 이해력, 멀티태스킹 능력까지 필수이다. 시각적인 요소로는 걸음걸이 인사태도, 표정, 미소, 목소리톤, 말의 속도, 단어 선택, 표현력, 억양, 발음까지 승무원의 기본 자질, 자세를 파악하고 내 것으로 만들어야 한다. 인상과 목소리, 분위기는 결코 한 번에 완성되지 않는다. 친구를 만나러 가는 길거리에서도 지하철에서도, 모든 공간을 면접장 이라고 생각하고 무조건 차분하게, 천천히 똑바로 걷자. 일상이 답이다

자격요건 및 스펙 쌓기

어느 채용에서나 기본적으로 자격요건이라는 것이 존재한다. 공통점으로 필요한 스펙은 일정 수준의 어학능력 (토익 평균 700점대 이상, 토스, 오픽, 중국어 자격증 등등)/전문학사학위 이상의 학력/신체조건 시력 1.0 이상 이렇게 세 가지이다. 말 그대로 기본적인 조건이기 때문에 대부분의 지원자들이 갖추고 있다.

여기에 추가로 좋은 점은 면접에서 서비스와 안전에 관련된 내용을 중점으로 보기 때문에 자신만의 서비스 관련 알바나 경력, 운동이나 스포츠 등의 활동이 도움이 된다. 서비스 경험이 없었던 난 콜센터 알바를 지원했고 그때 처음 cs교육을 배워가며 진상 손님에게 대처하는 법, 상냥하게 말하는 목소리와 말투 등등 현장 경험을 통해 관련 스펙을 만들 수 있었다.

원하는 항공사 선택 및 분석

크게 국내 항공사와 외국항공사가 있는데 둘의 차이점은 거주하는 베이스가 다르다. 외항사 승무원의 경우 대부분 타지 생활 (외국 베이스 거주)을 기본으로 하기 때문에 외국에서 살면서 외국 승무원들과 함께 일을 하고 싶다면 국내가 아닌 외항사를 선택하자. 현재 나의 언어 스펙, 성격 중 어떤 쪽이 더 적합할지 공통된 연결고리를 찾아 선택할 것! 어느 정도 본인의 역량과 어울리는 회사를 찾았다면 그 회사에 대해 집중 분석하면 된다.

꿀팁!!

이건 나만의 꿀팁 인데 그 회사의 채용절차, 마지막 채용시기, 원하는 이미지, 유니폼, 설립년도, 회사 신념, 노선 수, 사원수 등등 회사에 대한 모든 정보와 최근 기사까지 본인만의 포트폴리오를 만들어서 정리해 논다. 나는 제주항공과 동방항공을 목표로 삼았었고 밤낮으로 직접 만들면서 찾고 정리하다 보니 훨씬 회사에 대해 더 기억하기 쉬웠다. 면접 스터디를 갈 때마다, 지하철 이동을 할 때마다 잠깐 친구를 기다리는 시간이든 항상 그 포트폴리오 인쇄본을 손에 들고 다니며 보고 또 보며 외워보자.

그렇게 내 것으로 만들면서 눈에 익히다 보면

어느새 합격에 가까워진 내 모습을 기대해도 좋다.

승무원 되는 법
-실전 편

자소서 작성하기

자소서는 내 얼굴이다. 소개팅을 나가기 전에 상대에게 보여줄 나의 프로필이라고 생각하면 되는데, 서류상의 글과 사진만으로도 내가 어떤 사람인지 상대를 궁금하게 만들어야 하고 나만의 매력을 뿜어내야만 한다. 너무 지나친 개성이 드러난 글이나, 자칫 가벼워 보일 수 있는 과장된 글은 다소 보수적인 항공사와는 어울리지 않으니 최대한 과하지 않게 진짜 내 이야기를 이용하여 진심을 전달하는 방법이 가장 중요하다.

만약 학원이나 과외를 다니고 있는 분들이라면 자신이 쓴 자소서를 담당 선생님께 첨삭받는 것도 좋은 방법이다. 혼자 준비하시는 분일지라도 대체 불가한 나만의 경험을 녹여낸 스토리로 면접관들의 눈과 귀를 사로잡으면 된다. 너무나 많은 경험을 어필할 필요도 없고 단순 카페 알바를 했었어도 그게 엄청난 장점이 될 수도 있다.

직업에 귀천이 없듯 일에도 귀천이 없다. 작고 사소한 일에도 내가 느꼈던 것, 에피소드 위주로 자연스럽게 그때의 생각과 느낌을 풀어 정리하면, 그것이 곧 스펙이자 나만의 자소서가 되는 것이다. 너무 잘 보이기 위한 글은 진정성을 보여주기 어렵다.

면접 준비(학원/과외/스터디)

"

"승무원 면접은 당신이 여태껏 살아온 모습을 단 3초 만에 보여주는 것"

"98프로는 면접 준비, 나머지 1프로는 컨디션,

나머지는 운 "

모든 면접은 어렵다. 누군가에게 평가를 받는 것 자체는 늘 떨리고 불안하다. 아무리 열심히 준비하고 재능이 뛰어나도 하필 그날 나보다 잘난 지원자가 나와 같은 한 조가 될 수도 있고, 내가 아무리 예뻐도 그날 그 면접관 눈에 띄지 않으면 절대 뽑힐 수 없다. 그래서 어쩌면 모든 면접은 그날의 '운'이 잘 작용해야 한다.

승무원 합격의 비결은 98%의 면접 준비와 1% 컨디션, 1% 운이라고 생각한다. 즉, 98프로의 피나는 면접 준비와 면접 당일 날의 컨디션, 그리고 '운', 이 세 가지가 동시에 이루어주어야 하는데 면접 준비를 아무리 잘했다 한들 그날의 기분, 표정, 심리상태가 최악이면 절대 면접관들의 마음을 사로잡을 수가 없다. 왜냐하면 이미 내가 자신감이 없는 상태이므로 좋은 눈빛과 기운이 나올 수가 없기 때문이다.

반드시 잠들기 전날 밤 당일 날 아침 몸과 마음을 편안하게 해주고 마인드 컨트롤을 하며 나의 컨디션을 최상으로 올려주는 연습이 필요하다. 컨디션 조절에는 명상과 반신욕이 도움이 많이 됐다. 잔잔한 노래를 틀어놓고 딱 1분만이라도 눈을 감고 깊게 숨을 들이마시고 내뱉어 보자. 한결 마음이 편해질 테니까.

학원

면접 준비는 학원, 과외, 스터디, 독학 등의 다양한 경로를 통해서 준비가 가능한데 서비스직을 한 번도 안 해본 비전공자인 사람들에겐 과외와 학원을 적극 추천한다. 나의 경우 학원과 과외를 둘 다 받았는데 강남의 유명한 대형 학원에서 강사님들로부터 서류면접에 필요한 자소서 첨삭 도움을 많이 받았고, 회사 관련 자주 나오는 면접 답변을 중심으로 매주 바뀌는 모르는 친구들 앞에서 즉흥 면접을 하다 보니 남앞에서 말하는 것에 대한 두려움을 깨는 연습을 할 수 있었다. 그게 가장 큰 합격의 비결이었다. 반면 아무래도 대형학원이기 때문에 수강생이 많아 디테일한 면에선 부족하다. 또한 첫 수강비를 내고 붙을 때까지 무제한으로 다닐 수 있기 때문에 조금 안일할 수 있다는 작은 단점이 있다.

과외

과외의 경우 우연히 스터디에서 만난 동생의 추천으로 서류합격이 붙자마자 바로 속성으로 받았다. 과외가 좋은 점은 소수로 수업을 진행되기 때문에 개개인의 표정과 말투, 자세에 대한 피드백을 지속적으로 받을 수 있다. 회차별로 찍은 동영상을 통해서 각자 부족한 부분을 코멘트를 보며, 보완해야 할 점, 잘한 점 등을 더욱 객관적으로 디테일하게 접근할 수 있는 큰 장점이 있다. 승무원 과외는 정말 많은데 결코 다수의 합격자를 배출했다고 좋은 것도 아니고 수강생이 많은 유명한 곳이라고 좋은 곳도 아니다. 내게 맞는 과외가 분명 존재한다. 과외를 시작하기 전에 주변 지인이나 후기를 꼼꼼히 알아본 후 상담을 먼저 받고 진행하는 것을 추천한다.

나의 경우 과외선생님의 인상이 너무 좋으셨고 무엇보다 외항사 출신의 선생님이셔서 언어적으로도 피드백을 받을 수 있다는 생각에 지원했었다. 하지만 과외의 단점은 회차당 가격이 비싸다. 비싼 만큼 강력한 동기 여부가 되니 개인적으로 더 큰 도움이 되었던 것 같다.

스터디

스터디의 경우엔 학원과 과외 또는 알바가 없는 날에 시간이 남을 때마다 무조건 신청해서 진행하는 게 좋다. 스터디는 보통 전현차 커뮤니티(전, 현직 승무원들 소셜 커뮤니티 공간)를 통해서 같은 지망생들끼리 즉흥으로 스터디 카페에 모여 서로 돌아가면서 롤플레잉 면접 연습을 하는 건데, 처음엔 낯설고 떨리지만 계속하다 보면 공통적으로 발견되는 본인의 문제점을 파악하기 쉽고, 피드백을 해주는 대상이 현전직 선생님이 아닌 같은 또래의 사람들이라 훨씬 더 편하다는 장점이 있다.

스터디는 정기 스터디/반짝 스터디가 있는데 나는 그때 한참 통역 알바를 하던 터라 그때그때 자유롭게 참여할 수 있는 반짝 스터디로 했었다. 시간적 여유가 있다면 정기 스터디를 해도 좋은데 정기적으로 하다 보면 부족한 서로를 조금 더 으쌰 으쌰 해주는 분위기가 있어서 같은 스터디원들끼리 쉽게 친해지는 경우가 많았다. 어울리는 시간이 너무 많아지다 보면 안주하기 쉽고, 너무 친해지다 보면 서로 피드백을 제대로 해주기가 어렵다.

그런 면에서 적당한 긴장감을 조성해주는 반짝 스터디가 훨씬 내게 잘 맞았다. 본인의 시간적 여유와 스타일을 잘 파악해서 선택하는 걸 추천한다. 마지막으로 스터디의 가장 큰 장점은 같은 스터디 멤버 중 한 명이 먼저 승무원이 되면 더욱더 현실적인 정보와 조언을 얻을 수 있다는 것이다. 또는 그 동기와 함께 같이 입사할 수 있는 천운의 기회가 주어지기도 한다는 점! 나의 동기들 중엔 내가 스터디에서 만났던 친구들이 몇 명 있다. 그때 알았을까.

꿈을 이루어 같이 비행하는 날이 현실로 다가올 거라는 걸

승무원의
네 가지 장점

1. 돈을 벌며 세계여행을 할 수 있다

"내일은 발리에서 마사지, 모레는 파리에서 쇼핑을!
그 다음 주엔 하와이에서 서핑을!!!"

"벌써 밴쿠버만 열 번째야. 이번엔 또 뭐 사 올까?"

" 나 또 하와이 떴어. 누가 여름옷 좀 빌려줘!!"

44

불가능할 것 같지만 승무원이라 가능하다. 나의 한 달 스케줄 또한 이러했고, 장거리부터 중단거리까지 많은 곳을 비행하고 여행했다. fsc(대한항공/아시아나)와 같은 메이저 항공사는 장거리 비행이 가능하니 유럽, 미국을 여행할 수 있다. 보통 일반의 직장인들은 연차나, 긴 휴가를 제외하고선 여행을 다니기 힘든데 승무원의 경우 해외 체류시간이 길게는 5-6일(장거리), 짧게는 반나절-하루 정도(중단거리)의 시간이 주어진다.

체류하면서 체류비 라는 소정의 금액도 받고, 맛집, 관광 쇼핑 등의 활동을 하며 다양한 문화와 경험을 비교적 많이 접할 수 있으니 젊었을 때 하기 좋은 직업인 건 분명하다. 여섯 번의 하와이를 갔을 때였다. 호텔 앞 카페 직원이 물었다.

"너는 왜 항상 혼자 오니?"

"나는 잠깐 비행으로 왔어 곧 내일이면 떠나"

하긴 혼자 수영하고 혼자 사진을 찍어대며 신혼여행으로나 올법한 하와이에 처량하게 커피를 마시니 분명 친구나 연인과 싸웠을거라 생각했겠지. 혼자 마시는 커피였지만 아직도 그 맛을 잊을 수가 없다.

하와이의 코나 커피가 그리워지는 요즘이다.

2. 대졸 초임 높은 수준의 연봉

"언니 이번 달 몇 시간 비행했어요?"

"나 이번 달 100시간 채웠어, 오늘은 내가 쏜다"

"도저히 몸이 아파서 안 되겠어. 내일 병가 쓰고 쉴래"

승무원의 연봉은 기본급에 비행수당, 체류비가 플러스되는 시스템이라 매달 월급이 다르다. 비행을 많이 하면 할수록 높게 받는데 보통 월평균 80-100시간을 비행한다. 나의 경우 한 달마다 3번 정도의 장거리 비행을 했기 때문에 평균 70-80시간을 채울 수 있었고 대략 300대 중 후반 정도의 월급을 받을 수 있었다 (한중 노선 제외). 비행이 많으면 많을수록, 일을 많이 하면 할수록 몸은 고단했지만, 그만큼 주어진 오프(휴일)도 많았기에 별다른 불만 없이 만족하며 일했던 것 같다.

확실한 건, 적게 일 해도 주변 일반 직장인 친구들에 비해 월등히 많은 돈을 벌 수 있었다. 한 달에 유럽 세 번만 다녀와도 300대 후반, 거기에 휴일도 월평균 14-15 회 이상을 쉬게 해 주니 여행을 하며 돈을 벌고 워라밸이 보장되는 꽤나 만족스러웠던 직업이었던 것 같다. 물론 체력적으론 늘 힘들었지만! 어느 누군가는 적게 받아도 되니 비행 없이 쉬고 싶다는 사람도 있고, 반면 쉬지 않아도 되니 많은 돈을 받으며 비행을 하고 싶다는 동기들도 있었다. 각자가 생각하는 일과 휴식에 대한 기준이 달랐고 그 어떤 것에도 정답은 없다.

3. 왕복 무료 항공권

"너희는 좋겠다 공짜로 비행기도 타고."

우리 회사는 1년에 한 장씩, 2년엔 두 장씩 국내, 국제 티켓이 각각 나왔다. 국내는 말 그대로 중국 국내용이고 국제는 중국 외의 나라를 갈 수 있는 티켓이다. 항공사에는 연맹 업체가 있는데 스카이팀인 대한항공, 동방항공 등의 같은 항공사 소속일 경우 코드쉐어가 가능하다. 즉 회사가 제공하는 무료항공권으로 대한항공의 비행기를 타고도 여행이 가능하다는 것이다. 또한 국내, 외항사 모두 직원에게 제공하는 무료항공권은 스탠바이 티켓(stand-by)이라고 항공기에 빈 좌석이 있어야 직원이 탈 수 있다. 즉 그날 항편에 예약이 다 꽉 차면 항공권을 쓸 수가 없다.

하지만 간혹 노쇼 (no-show) 승객이 생기기도 하니, 이때 체크인 마감 때까지 기다렸다가 빈 좌석이 나면 그때 항공권을 받아 탑승할 수 있다. 아쉽게도 여태껏 나는 무료항공권을 쓴 적이 없는데, 그 이유는 이상하게 일 말고는 비행기에 타는 것 자체가 너무나 싫었다. 쉬는 날까지도 비행기를 타고 장거리로 갈 생각을 하니 벌써부터 숨이 막히는 기분이랄까. 여행은 좋아했지만 비행으로도 충분히 만족했다.

4. 각종 상황에 대처하는 문제 해결 능력

"응급상황 발생!

기내에 의사분이 계시다면

급히 갤리로 와주시기 바랍니다."

"도와주세요! 아내가 숨을 쉬지 않아요"

승무원이라고 하면 많은 사람들이 서비스하느라 힘들겠다고 얘기하지만 사실 제일 힘든 건 예기치 않는 상황에 대한 대처능력이다. 이게 무슨 말이냐 하면 퀵턴을 가든 단거리, 장거리 비행을 하든 온갖 무수한 일들이 발생하는 곳이 바로 기내이다.

멀쩡하게 주무시던 분이 갑자기 쓰러지시기도 하고 이륙 전까지만 해도 방긋방긋 잘 웃어주던 손님도 시간이 지나면 갑자기 진상 손님으로 변해버리시고, 취한 손님 간에 싸움이 벌어지시기도 하고, 갑자기 태풍으로 인해 딜레이가 되어 8시간 내내 쇼업실에서 멍 때리며 기다려야 하기도 한다. 갑자기 닥쳐오는 난기류에 벌벌 떨며 점프싯에 앉아있어야 할 때도 있고, 이상한 사무장을 만나는 날엔 승무부 면담까지 이어지는 최악의 경우도 발생한다. 즉 언제 어떻게 무슨 일이 생길지 모르는 곳이 바로 이곳 기내이다.

승객의 생명과 직결되는 직업이기에 혹여라도 승객의 안전에 문제가 생기는 비상상황에서는 주변 승객을 포함한 우리 모두가 예민해지기 마련이고, 그때 대처하는 능력은 생각보다 쉽지 않다. 교육생 때 수없이 많은 이론과 실습교육을 배워왔지만 실제상황에선 누구나 당황하기 일쑤고 머릿속이 하얘져 그렇게 닳고 닳아 외웠던 5대 설비가 좀처럼 생각나지 않는 이 상황이 얄밉고 야속하기만 할 뿐이다.

*최악의 기내 썰

많은 시간이 지났음에도 불구하고 여전히 잊지 못하는 사건이 하나 있는데 밴쿠버행의 인도 부부 중 아내분이 갑자기 숨을 쉬지 않고 쓰러지셨다. 놀란 나는 사무장님을 긴급 호출했고 얼른 구급상자를 꺼내 맥박을 재고, 산소호흡기로 산소공급을 해드렸다. 다행히 환자의 상태는 안정을 되찾기 시작했고 호흡 또한 진정되었다. 지속적으로 환자의 상태를 점검하며 몇 시간의 장시간 비행에도 불구하고 모든 승무원이 쉬지 않고 돌아가며 환자를 돌보며 착륙할 때까지 무탈하기를 한마음 한뜻으로 바랬다.

환자의 상태는 나아졌지만 그 후에도 밀 서비스를 하면서, 잠깐 갤리에서 쉬어도 머릿속엔 온통 그 부부만 생각이 나고 무척이나 신경이 쓰였다. 아마 나를 포함한 모든 기조들이 다 같은 마음이었겠지..남편분은 마지막 밀 서비스가 나갈 때까지 식사 한번 제대로 하지 못한 채, 아내 옆에서 계속 기도를 하며 아내의 얼굴을 어루만지기만 하셨고. 그 모습이 안쓰럽고 마음이 불편해서 나의 구역이 아님에도 불구하고 더 필요한 게 있는지 계속 오며 가며 몇 차례나 물어봤던 기억이 난다.

아직도 그때 다급히 나를 불렀던 남편 분 의 목소리가 생생히 기억난다. 1초라도 늦었다면 생각만 해도 아찔하다. 당장 응급실을 갈 수도 없고, 구급차를 부를 수도 없으니 그저 우리가 할 수 있는 한 최선을 다할 뿐이다. 탑승부터 착륙까지, 짝을 지어 공항을 지나 기내에 들어서는 매 순간이 마냥 들뜨고 설레지만은 않았다. 때로는 불안했고 두

49

려웠다. 예기치 못한 사고는 늘 불시에 찾아오기 마련이니까.

늘 긴장을 늦추지 않고 승객의 안전을 책임져야 하는 사람들.

여러모로 강한 멘탈을 요구하는 직업.

괜찮아, 그렇게 성장 하는거겠지

승무원의
네 가지 단점

1. 불규칙한 스케줄

"3시간밖에 못 잤는데.. 이번 밤 비행도 힘들겠네.."

"해피 뉴 이어! 파리는 좋은데 가족들은 보고싶어"

"결혼 축하해!!!근데 어쩌지..나 그날도 비행이야.."

생활리듬이 다 깨져버리는 불규칙한 스케줄이 가장 큰 단점이 아닐까 싶다. 밤 비행과 새벽비행이 일상이 되어버린 뒤죽박죽 스케줄. 밤 비행엔 대낮에 억지로 멜라토닌을 먹으며 잠을 청해야 하고 새벽비행엔 졸림 방지를 위해 커피를 마시며 뜬눈으로 밤을 지새워야한다. 손님들 잘 때 나도 같이 자고 싶은 마음만 굴뚝같지만, 졸린 눈을 비비며 아침까지 밀 서비스를 하는 나 자신이 안쓰럽다.

남들 출근할 때 퇴근하고 퇴근하는 시간에 출근하는 경우가 다분하다 보니 끼니를 챙겨 먹는 시간이 뒤죽박죽이라 어떤 날은 폭식을 하기도 하고, 충분한 수면이 부족한 탓인지 늘 피부가 말썽이었다. 스케줄 근무라 일반 회사를 다니는 친구들과 시간 맞추기도 힘들다 보니 오프가 맞는 동기들과 자주 만나게 되고 , 친구의 결혼식이나 가족행사, 불금, 불토의 개념은 일찍이 포기해야 할 부분이다.

불금, 불토가 뭐더라. 까마득하다

2. 시차 적응

"언니, 나 좀만 잘게 혹시 멜라토닌 있어?"

"내일 새벽 쇼업인데 잠이 안와 ~어떡해"

수없이 많은 항편에서 레이오버를 해봤지만 변한 없이 늘 시차 적응에 실패했다. 장거리를 갈 때면 더욱이나 힘든데 하와이의 경우 밤 비행으로 출발해서 도착하면 그곳은 이미 쨍쨍한 밝은 대낮이다. 낮에 잠을 자버리면 현지시각으로 저녁이 되었을 때 불면증으로 이어질 수 있기 때문에 운동을 하든 밖에 나가서 돌아다니든 몸을 혹독하게 만들어야만했다. 오마이갓

고작 며칠 가지고 너무 오버하냐고 할 수도 있겠지만 막상 자야 할 시간에도 잠이 오질 않는 그 기분은 정말 말로 표현할 수 없을 만큼 가혹하고 답답하다. 그래서 승무원의 필수템 이라 불린다는, 멜라토닌을 늘 챙겨두고 다니는 동기, 선배들도 많이 보았고 나 또한 늘 가지고 다니며 먹었는데 그럼에도 잠이 안 와 애를 먹었던 적이 한두 번이 아니었다. 잠이 만병통치약이라는데 그걸 내 맘대로 못하니 작은 일에도 예민했고 점점 신경질적인 사람이 되어 버린 것 같다.

3. 걸어 다니는 종합병원

" 어디야?"

"나 병원"

"너는?"

"나도!"

한국에서 주어지는 8일간의 오프는 너무나 귀하다. 그 귀한 시간을 알차게 쓰고 싶은데 막상 병원 다니는데 가장 많은 시간을 할애했던 것같다. 어렸을 때부터 중이염에 자주 걸렸었는데 일을 시작하면서 중이염이 쉽게 찾아와 늘 약을 달고 살았고, 높은 힐을 신고 다닌 탓에무지외반증도 생겨버렸다. 정형외과에서 도수치료도 꾸준히 받고 그다음 날엔 체력 보충용으로 비타민 수액주사, 마늘주사, 등등 몸에 좋은 모든 주사를 꽂아대기 바빴으며, 혹여 충치는 생기지 않았는지 치과도 정기적으로 가줘야 하고, 피부관리, 네일케어 등등 관리데이 한번 해주고 나면 어느새 3-4일이 훌쩍 지나가버린다.

하루는 은행업무 하루는 치팅데이 하루는 케어데이. 한국에 있는 8일은 너무나도 빨리 지나가버린다. 이외에도 허리디스크로 고생하는 동기도 종종 있었고, 무거운 짐이나 카트를 끌다 보니 손목 염증이나 통증을 자주 호소하는 경우도 많이 보았다. 정말이지 모두가 걸어 다니는 종합병원이다

4. 감정노동자

얼굴은 늘 웃고 있지만 우리도 사람인지라 슬플 땐 슬픈 대로 아플 땐 아픈 대로 그날의 그때의 감정이 흐르는 대로 그대로 두고 싶다. 하지만 슬프다고 시무룩한 표정으로 손님을 대하면 불친절하다고 컴플레인을 받기 일쑤였고, 아프다고 아픈 표정을 지으면 승객이 안전에 위협을 느낄 수도 있다며 상사에게 혼나기 일쑤다. 아파도 안 아픈 척, 슬퍼도 행복한 척, 무서워도 괜찮은 척그 놈의 척하는 착한 가면을 써야 하는 직업이다. 사람을 상대하는 일은 생각보다 많이 힘들다.

#에피소드

발리에서 생긴일

그날따라 내 구역에 유독 휠체어 손님이 많았고 이날은 여러모로 정신이 없기도 했고, 몸상태가 좋지 않았는데 하필이면 깐깐하신 사무장님을 만났고 비행 내내 뒷 갤리로 와서 자꾸 웃으라며 내 표정을 두고 계속해서 지적하셨다. 사무장의 끊임없는 잔소리에 더욱 짜증이 났고 손님들께 웃으면서 대할 여력조차 없었다. 그렇게 기분이 다운이 된 채로 안전검사를 진행하고 비행기가 착륙했다.

손님들이 모두 내리신 후, 내 구역의 나이가 많으신 휠체어 손님을 부축하고 나가는 그 때였다 .갑자기 손님께서 내 손을 꼭 잡아주면서 말씀하셨다.

"아가씨~~~나도 손녀가 있는데 아가씨처럼 너무 예쁘고 친절해~! 덕분에 편히 쉬었다가~ 고마워요 예쁜 아가씨!!"

연신 고맙다고 말씀해주시는 손님의 말에 나도 모르게 울컥해서 눈물이 나왔다. 오늘 내 자신이 생각해도 한 분 한 분 제대로 잘 못 챙겨드린 것 같은데 그렇게 말씀해주시니 너무 부끄러웠다. 그날 잡아주신 따뜻한 온기는 여전히 잊혀지지 않는다.

그렇게 하루 온종일 힘들다가도 누군가 무심코 툭 던지는 위로의 말 한마디가 큰 힘이 되어주는 직업

사람으로 상처 받고 사람으로 위로 받는 참 아이러니한 직업

나도 어느 누군가에게 따뜻한 위로를 줄 수 있는 사람일까

승무원 사주와
역마살

역마살: 늘 분주하게 이리저리 떠돌아다니게 된 액운

❝
"제가 승무원이 될 수 있을까요?"

사주나 명리학 쪽에 관심이 없는 분들 일지라도 한 번쯤은 들어봤을 것이다. 역마란 정거장과 말이라고 해서 이동과 변화가 많아 한 곳에 정착하지 못하고 떠돌아다니는 팔자를 일컫는 말이라고 한다. 모든 사람들이 사주팔자대로 살아가진 않지만 그 틀을 완전히 벗어나진 않는다고 한다. 전부 다 믿진 않지만 어느 정도는 들어맞는 부분이 있는 것 같다. 나 같은 경우엔 신기하게도 타로를 보든 어디 유명하다는 곳에 가서 사주를 보면 늘 똑같이 듣는 말이 있었다.

부모와 일찍 떨어져서 생활하는 게 좋고, 국내가 아닌 해외에 나가야 잘 풀린다는 것. 그리고 그 땅이 넓으면 넓을수록 좋다고 했다. 생각해보면 유학생활을 하면서 가족 들과 떨어져 혼자 생활했고 엄청난 대륙의 땅인 중국에서 생활을 하면서부터 환경과 사고, 가치관이 확 변했었던 것 같다. 그것도 좋은 쪽으로! 덧붙여 내 사주 자체에 역마살이 껴있어 아마 한 직장에 오래 일하기 힘들다고 말씀하셨다. 그땐 무슨 말인지 잘 몰랐는데 지금은 대충 어떤 뜻인지 이해가 간다. 또한 직업마다 성격이 있는데,

"

승무원이라는 직업 자체도 아무나 못해 ~ 팔자에 나와있어야 하고 무엇보다 그것을 즐길 줄 알아야 해

말씀대로 사주내에 역마살이 많은 경우의 사람들은 확실히 한 직장에 오래 머무르지 못한 사람이 다수였고, 활동적이고 움직임이 큰 특성을 가진 직업을 선호했다. 예를 들어 경찰, 무역업, 외교관, 승무원, 파일럿 등. 나의 경우 워낙에 명리학에 관심이 많기도 했지만 나뿐만 아니라 언제 붙을지 모르는 막연한 미래에 답답함을 호소하러 여러 점집을 돌아다니는 나와 같은 승무원 준비생도 많이 봤다. 나도 가끔씩 큰일을 앞둘 때 찾아뵙는 명리학 선생님 한 분이 계시는데. 유일하게 내가 이분을 믿는 이유는 컴퓨터로 산출된 정보에 나온 그대로 풀이를 해주시며 각 월, 년 별로 정보가 소름 돋게 정확했다.

바야흐로 때는 2018년 1월이었던 걸로 기억한다.

1월 초에 1차 합격을 했고 15일 뒤에 2차까지 합격 후 나머지 3,4차 합격을 할 수 있을지 간절한 마음에 선생님을 찾았다.

"선생님, 저 3,4차까지 붙을 수 있을까요?"

차분하면서도 무거운 공기가 분위기를 감쌌다. 그리고 마침내 한마디를 어렵게 꺼내셨다.

"너 붙는대. 곧 붙어서 해외로 나간대네 여기 1,2월에 계속 역마가 끼어있잖아"

그리고 한 가지 당부하셨다.

"빨리 받아 적어, 최종면접이 올해 1월 안에 끝이 나야 해, 그 이후로 면접이 잡히면 소용없어. 떨어져. 무조건 1월 안이야. 안 그럼 너 이후에도 승무원 쪽 길은 영영 쭉 없을 거래."

"다음 상반기 채용도 쭉 있을 텐데요?"

"응 근데 그거 다 너꺼아니래"

순간 가슴이 철렁했다. 기회가 이번뿐이라는 건데 정말 정확히 1월에는 말 자가 붙어있었고 그 후는 보이질 않았다. 올해 1월이라. 다음 면접이 언제 잡힐지 발표가 언제 날지는 그 누구도 모르고 심지어 연기가 될 수도 있는데. 면접이 1월 안에만 잡히면 붙는다니 이게 웬 말도 안 되는 소리지. 1차에서 2차까지 2 주가 걸렸고 벌써 1월 중순인 데다가 앞으로 2번의 면접이 더 남았는데 1월까지 다 끝나야 한다니 너무 빠듯했다.

이대로라면 3,4차도 일주일 이상이 걸릴 거고 발표까지도 며칠을 잡는다면 2월을 훌쩍 넘길 수도 있다는 생각이 들었다. 진짜 이번이 마지막인 걸까. 그리고 정확히 1월 24일에 3차 면접이 잡혔고, 놀랍게도 그 다음 날인 25일에 4차 면접이 바로잡혔다.

그리고 그때 확신했다. 붙을 수 있을 거라고

그냥 왠지 느낌이 좋았다

그리고 선생님의 말씀대로 4차 면접 후 승무원 최종 합격 문자를 받았다. 할렐루야! 진짜 붙다니 신기하고 감사했다. 물론 열심히 준비한 나의 노력도 있었지만 어쩌면 선생님의 말씀 덕분에 더 희망을 가지고 최선을 다했던 것 같다. 여기서 떨어지면 앞으로 다시는 이 길이 없을 거라는 그 말에 더 간절했는지도 모른다.

그때 당부하셨던 것처럼 내가 그토록 가고 싶었던 우리 회사는 우리 기수를 마지막으로 더 이상 한국인 승무원을 뽑지 않았다. 내가 마지막 기수가 된 거다. 3년이 지난 오늘도 생각한다. 그때 붙길 천만다행이라고. 그리고 그때를 생각하면 여전히 소름이 돋는다.

그래서 나는 사주팔자를 좀처럼 믿는 편이다.

세상에
운이 존재하는 이유

세상에 쓸모 없는 경험은 없어

나는 항상 운이 좋은 사람이라고 생각했다. 일찍이 상해 유학생활을 통해 다양한 외국 친구들과 교류할 수 있는 기회가 생겼고, 영국 어학연수를 통해 3개 국어를 구사할 수 있었다. 졸업 후, 한 연예기획사를 다니며 한중 리포터 활동을 한 덕분에 승무원 면접 내내 지치지 않고 여유롭게 웃으면서 답변을 할 수 있었고 서비스직 관련 경험이 없었던 터라 곧바로 서비스직 아르바이트를 시작하며 나 자신을 조금 낮추는 겸손함과 상대를 편안하게 해주는 차분한 말투가 면접 때 도움이 되었다.

고등학교 때 좋아했던 음악 덕분에 3차 특기인 뮤지컬을 불러달라는 질문에 당황하거나 부끄러워하지 않고 세상 행복한 사람처럼 떨지 않고 노래를 부르며 합격할 수 있었다. 그렇게 수많은 경험이라는 알 수 없는 각양각색의 점들이 옹기종기 모여 하나의 선을 이루었고 마침내 지금의 직업을 있게 해 주었다. 이 모든 과정과 경험이 제각기 다르고 쓸모 없다고 생각할 수 있지만 돌이켜보면, 어쩌면 이러한 경험 덕분에 여기까지 올 수 있었다고 생각한다.

회사 입사 후엔 다른 동기들에 비해 유독 좋은 항편의 스케줄이 나왔었고 진상 손님 한번 만나 뵌 적 없었을 뿐더러 매번 같이 일했던 기조들과도 마음이 잘 맞아 비행이 끝나고도 사석에서 자주 만나는 인연들도 여럿 생겼다. 수많은 손님들과, 동료, 사무장님을 만났지만 그 중에서도 가장 운이 좋았던 건 나의 실습비행을 맡아주신 사무장님 두 분이셨다.

"들었어? 이번에 걔~ 항 편 내내 혼나기만 하고 몇 시간 동안 밥 한 끼도 못 먹었대.."

"한국인 싫어하는 블랙 사무장 만나면 중국어 못한다고 무시하면서 손님들 앞에서 쪽 준대"

"음료 제대로 못 따랐다며 손도 때렸대"

수다만 떨고 안 가르쳐준다는 소문, 불합격하면 집으로 돌아가야 한다는 등등 여기저기서 들려오는 후기와 카더라 소문에 불안했던 나는 더 열심히 실습 공부를 했고 좋은 분과 함께 비행하길 기도 드렸다. 걱정했던 것과는 다르게 나를 담당해주셨던 사무장님께선 내가 상해에서 대학을 나와 중국어를 너무 잘한다는 이유만으로 늘 사람들 앞에서 칭찬하기 일쑤였고, 이것저것 귀찮게 물어봐도 성심성의껏 잘 알려주셨다.

밥은 꼭 챙겨 먹어야 한다며 계속해서 신경 써주시며 나를 딸처럼 예뻐해 주셨고 그 사무장님과 함께 싱가포르 레이오버도 다녀오며 맛있는 걸 함께 먹고 같이 여행하며 더욱 돈독해졌다. 또 다른 사무장님께서는 실습비행이 끝나고 근사한 저녁을 사주시며 합격 축하파티를 해주셨다. 그리고 다음 보잉 기종 훈련 때도 직접 가르치고 싶다며 교육 날짜가 잡히면 알려달라고 말씀하셨다. 회사를 다니고 있지 않는 오늘까지도 잘 지내냐며 연락이 오시는 사무장님 덕분에 여전히 마음 따듯해지는 오늘이다. 든든한 내 편이 있다는 기분 이랄까. 몇 년이 지난 지금도 생각나는 내 인생의 소중한 귀인이다

결국 이 모든 운이란 어쩌면 스스로 만들고 노력하며 진정으로 간절한 자에게만 주어지는 것 같다. 요행을 부리지 않고 자신의 자리에서 꾸준히 노력하고 도전하는 사람들에겐 행운과 기회가 더 많이 주어지는 것 같다. 그리고 그때 찾아온 기회와 타이밍을 절대 놓치지 않았으면 좋겠다. 나는 어렸을 때부터 꿈이 승무원도 아니었고 동경하던 사람도 아니었다. 그저 좋아하는 것을 찾고 끊임없이 배우기 위해 도전했고 그 과정 속에서 참 많이 방황하고 좌절도 했었던 어느 평범한 취준생 이었다.

하지만 나는 매 순간 도전하고 배우는 것에 두려워하지 않았고 내가 원하는 목표가 정해지면, 결과가 어떻든 포기하지 않았다. 승무원은 아무나 하는 게 아니라며 뜬 구름 잡지 말라 얼른 다른 직업을 찾아봐라 처황된 꿈에 벗어 나라 등등의 주변 말에도 개의치 않았다. 스터디

를 마치고 무거운 마음으로 집을 향하는 길엔 저 멀리 보이는 달을 보고 제발 붙게 해 달라고 연신 빌기도 했다. 만나기 좋아하는 친구들과도 잠깐 연락을 끊고 오로지 나 자신과 꿈에 집중했던 시간은 나를 배신하지 않았고 마침내 내가 원하는 것을 이룰 수 있었다.

나는 지금까지도 여전히

이루고 싶은 일이 있으면

간절히 기도를 드린다.

결이 맞지 않는 사람을 대하는 법

"
아무 음식이나 먹지 마~ 그러다 배탈 나

어찌 보면 음식과 사람은 참 비슷하다. 아무 음식이나 먹으면 배탈이 나듯 마음대로 인연을 맺어도 배탈이 나는 법이다. 세상엔 참 다양한 사람들이 다양한 방식으로 부대끼며 살아간다. 그 중 나와 결이 맞는 사람을 만난다는 건 참 쉬우면서도 어려운 일이라는 걸 종종 느끼곤 한다. 사회에서 만난 회사 사람과도 순수할 때 만났던 고등학교 친구들처럼 모든 걸 공유하며 있는 그대로의 나를 온전히 보여줄 수 있을까? 나의 민낯을 보여줘도 될 만큼 이 사람을 믿어도 될까?

나에겐 80명의 입사동기가 있다. 내 인생에서 이렇게 많은 숫자의 입사동기가 있는 것도 참으로 신기하고 아이러니하게도 저 많은 숫자와 달리 소위 나와 결이 맞는 '내 사람'을 찾기도 쉽지 않았다. 여기서 내가 말하는'결이 맞는 사람'이란 '마음으로 잘 맞는 사람'을 얘기한다. 동기가 이렇게 많은데 결국 내 곁에 남아있는 사람들은 고작 3-4명에 불과했다. 모든 사람과 다 잘 지낼 필요도 없었고 모든 사람들에게 한껏 나를 포장한 채 잘 보이고 싶지도 않았다. 결국 사람들은 자신이 듣고 싶은 것만 듣고 보고 싶은 대로 보면서 판단하기 나름이니까.

나에게도 결이 맞지 않는 사람들이 있었다. 같은 뱃속에서 자란 나와 내 쌍둥이 동생과의 성향도 이토록 다른데, 하물며 몇 십 년 동안 얼굴도 이름도 모른 채 다양한 환경에서 살아온 수많은 사람들이 한자리에 모인 이 집단에서 서로의 다름을 온전히 이해하고 마음 깊이 수용할 수 있는 사람이 과연 몇이나 될까 가령 몇 년간 아니 몇 십 년을 수양과 자기 성찰로 득도한 성인군자라면 모르겠다. 대부분의 사람들은 '나'와 맞지 않으면 배척하기 마련이다.

돌이켜보면 회사에서 수많은 유형의 사람들을 만났다. 유독 여자가 많은 항공사라는 특유의 집단 이여서 일까, 선후배 간의 군기가 빡센 꼰대 집단 이여서 였을까 고등학교, 대학교 때 소위 일진놀이를 주도하던 어린아이 같은 습관을 버리지 못한 채 사회에 나와 똑같은 분위기를 만들어 인간관계를 망치려 드는 사람, 직업의 이미지와 맞지 않는 저급한 용어와 욕설로 험한 말을 일삼는 사람, 겉으로는 착한 척 귀여운 척하더니 뒤에 가서 누구보다 열심히 호박씨를 까대는 앞뒤가 다른 사람, 다른 사람의 험담과 가십거리 없이는 잠을 못 이루는 사람 등등 수도 없이 다양한 부류의 사람들을 마주했다.

그리고 그런 불편한 사람들과의 마찰로 인해 때론 상처 받기도 하고 힘든 나날들이 있기도 했다. 이처럼 '결이 맞지 않는 사람들'과 함께할 때면 나 또한 나만의 사회적 페르소나를 이용해 나름의 내 방식대로 그들과 똑같이 방어하기 바빴다. 하지만 그럴수록 더 힘들었다. 상대를 같이 미워하는 일에도 엄청난 에너지가 필요하기 때문이다. 몇 번 대화를 하다 보면 아니 몇 일만 같이 지내봐도 대게 사람 보는 눈은 다 비슷하기 때문에 옳고 그름과 좋고 나쁜 정도는 구별할 수 있다고 믿었기에.

누군가 뒤에서 내 험담을 했던 굳이 구구절절 해명하고 싶지 않았고 혹여 나의 어떤 면을 싫어하고 미워하는 사람이 있다 한들 온갖 구색을 맞추어 그 사람의 마음에 비집고 들어갈 만큼 더 이상 잘 보이고 싶지도 않았다. 사람마다 각자가 좋아하는 결과 면이 다르고 그걸 다 맞추면서 살아가기엔 내 인생이 너무나도 짧으니까

때로는 온갖 잡음에도 침묵하는 게 나를 지키는 또 하나의 방법이 되어버렸다. 이 침묵은 단순히 참는 것만을 의미하지 않는다. 흘러가는 대로 그저 내버려 두는 것이다. 더 이상 불필요한 곳에 에너지를 쓰지 않고 나를 좋아해 주고 내가 좋아하는 사람들에게 더 집중하는 것, 그게 내가 회사생활을 하며 느낀 결이 맞지 않는 사람들을 대하는 법이다. 만원이 아무리 구겨진들 만원은 어차피 만원일 뿐이니까

중국의 속담 중에 이런 말이 있다

"누군가 이유 없이 당신을 괴롭혀 못 견디도록 그가 밉다면 굳이 복수하려 들지 말고 강에 나가서 흐르는 물을 바라보라. 그럼 틀림없이 언젠가 그의 시체가 둥둥 떠내려오는 걸 보게 될 것이다"

이 속담엔 가르침이 있는데 당신이 복수하려 들지 않아도 악행이란 걸로 대가를 치르게 된다는 것이다. 인생사 인과응보, 지금 당장은 아닐지라도 나의 자식 또는 가족이 어떻게서든 그 업을 가져간다고 했다.

살다 보면 다 돌려받게 돼있다. 사람이든 사물이든 모든 인간관계도 검은 먹을 가까이하면 검어지듯 안 좋은 기운과 에너지를 가진 사람들과 어울리면 그 버릇에 물들기가 쉬운 법이다. 그럴 땐 한 발짝 물러서서 그저 멀리서 지켜보는 게 상책이다. 불필요한 사람들에게 에너지를 쏟을 만큼 인생에서 그리 중요한 사람들은 아니기에.

제 아무리 따끈따끈 잘 지어진 밥 한 공기가 놓인 들, 썩은 반찬 옆에 있으면 밥에서도 썩은 냄새가 나고 싱싱하고 좋은 향이 나는 반찬 옆에 있으면 좋은 맛이 나는 법이다. 적어도 나는 썩은 냄새가 아닌 좋은 맛과 향을 낼 수 있는 사람이 되고 싶다.

음식과 사람은 묘하게 닮았다.

달 감(甜)

달콤살벌한 승무원의 세계

승무원에게
볼펜이란
떵동

"손님, 필요한 거 있으십니까?"

"혹시 볼펜 있나요?"

"저도요!!!! 저도요!!저두여!"

또 시작됐다 마의 구간 '볼펜 빌리기'

기다렸다는 듯이 하나 둘 씩 손을 들기 시작한다. 벨이 울리고 너도나도 같은 노란색 입국신고서 종이에 무언가 적기 바쁘다. 입국카드를 드리는 동시에 다급한 표정으로 펜을 찾기 시작했고, 유니폼에 꽂아둔 마크가 그려진 회사 볼펜이 하나 둘 씩 사라질 때마다 연신 죄송하다는 말씀만 드릴뿐이다. 펜을 빌려드리는 건 의무가 아닌데.. 마치 서비스를 드리지 못해 안타깝고 죄송한 마음이 드는 건 왜일까

이 마의 구간은 보통 한중 비행에서 잘 일어나는데 비행거리가 짧은 관계로 서비스도 재빨리 해 드려야 하고 (최근엔 부족한 시간 관계상 기내식 밥에서 빵으로 대체되었다) 입국카드도 드려야 해서 매우 정신없이 바쁘다. 내 구역의 손님은 몇 십 명 아니 몇 백 명인데 내 유니폼에 꽂아져 있는 펜은 단 2자루. 빌려가신 분들 중 단체로 오신 분들이 하나의 펜을 가지고 펜 돌리기를 하시면 결국 처음 빌려드렸던 분의 손을 멀치감치 떠나 착륙 전까지 펜의 행방을 찾지 못할 때도 있다.

이리 빌리고 저리 빌려드리다 보면 결국 누가 누구 펜인지 손님 얼굴도 좌석도 기억이 나지 않기도 하고 괜히 직접 가서 펜을 다 썼냐고 물어보기도 애매하다. 아주 자연스럽게 펜을 가져가시는 분도 계시고, 또 어떤 분은 모르고 가방 속에 넣기도 하시니까. 왜 그깟 펜 하나에 집착하냐고?

별것 아닌 것 같지만 의외로 우리들은 승객의 특이사항, 정보, 요구사항(담요, 물 등등) 휠체어 승객, 특수식, 유아 안전벨트 좌석 위치, 고장 난 좌석 또는 기기, 기내 암호, 사무장님 브리핑 주의사항 등등 매 항 편마다 정보를 기입하는 작은 종이를 들고 다니며 매 순간 체크해야 하기 때문에 없으면 절대 안 되는 필수품이다. 어찌 보면 우리의 목숨줄을 붙들고 있는 게 이 '볼펜'인데 손님들께 이리저리 다 빌려드리다 보면 정작 필요한 급한 상황에 메모를 할 수가 없는 경우가 생기기도 한다.

모든 분들이 다 그렇다는 건 아니지만 일부의 분들은 펜도 일종의 서비스 물품 비슷하게 생각하시는 분들이 계셔서, 이 펜 하나쯤이야 하고 돌려주시지 않은 분 들이 계시기 마련이다. 승객들 입장에서는 사소한 일 일수 있지만 매일 하루에도 몇 번을 아니 몇 백 명씩 상대하는 우리의 입장에서 매 항편마다 펜을 다 드리고 돌려받지 못한다면 참으로 찜찜하고 불안한 법이다. 사실 비상용으로 모아둔 회사 볼펜들이 아주 많다. 그럼에도 불구하고 한 자루 한 자루 내겐 소중한 '생명'같은 존재다.

소중한 당신의 안전을 책임지기 위해서.

넌 나에게
욕망덩어리였어

"

어휴, 내일 어떻게 다 끌고 가지

나에겐 총 4개의 캐리어가 있다. 장거리용의 큰 캐리어와 중단거리용 작은 캐리어, 옷이나 유니폼을 담는 전용 가방과 마지막으로 매일 들고 다녀야 하는 기본 가방! 이렇게 총 4개의 가방을 다 들고 다니냐고? 다~ 끌고 다닌다. 한 손엔 큰 캐리어와 작은 손가방을, 또 한 손엔 작은 캐리어와 옷가방을 동시에 든 채 말이다. 누가 보면 마치 저~멀리 유학길에 오르는 사람마냥 내 몸집보다 큰 가방을 낑낑거리며 이리저리 끌고 다녔다.

상해에서 한국 또는 한국에서 상해로 들어가는 경우엔 매 달 한 번씩 이 무거운 짐들과의 사투가 시작된다. 한국에 입국할 때엔 그동안 상해에서 체류하며 비행할 때 사온 오만가지 기념품들을 꾹꾹 눌러대어 기어코 데려왔고, 한국에서 일주일간의 행복을 맛보고 어느덧 다시 상해 입국을 알리는 불행한? 날이 점차 다가올 때면 다시 어딘가 처박혀 있는 검정 캐리어들을 하나둘 주섬주섬 꺼내어 다시 긴 여정을 떠날 준비를 한다. 여행지에서 입을 옷들과 가방, 컵밥, 화장품 등등 그렇게 짐을 싸고 풀면서 채움과 비움을 반복해댔다.

어쩌다 한번 여행을 가는 사람들에겐 출발지에서 짐을 싸는 순간부터 여행지에 도착 후 짐을 푸는 그 행위 자체만으로도 설레기 마련이다. 승객이었을 때의 나도 그러했으니까. 하지만 승무원들에게 짐 싸기란 마냥 행복하지만은 않다. 적어도 나의 경우엔 짐을 싸는 그 순간부터 스트레스 시작이었다. 꽉꽉 눌러 담긴 캐리어를 보자니 저 무거운 짐을 공항까지 혼자 어떻게 끌고 가지 하는 불안감과 공항버스를 기다릴 때면 제 무게를 버티지 못하고 픽 픽 쓰러져가는 캐리어를 부여잡고 사람들 사이에서 땀을 삘삘 흘리기 일쑤였고, 공항에 내려서는 무슨 놈의 안전검사가 이리도 많은지 2단 서랍장처럼 생긴 가방을 조립하듯 분리하며 하나 둘 씩 뺐다 끼었다 하는 지겨운 행위를 반복해야 하기 마련이다.

이때 동작이 느리면 자칫 앞에 계신 선배님을 놓쳐 버릴 수 있으니 정작 내 코트 끈도 제대로 묶지 못한 채 스카프를 휘날리며 선배님의 그림자를 쫓아 달려야 한다. 게다가 규정 힐을 신은 채 한 손으로 캐리어를 끌다 보니 한쪽으로만 힘이 쏠린 탓에 왠지 모르게 내 골반이 뒤틀려가는 느낌은 물론, 거울을 보면 유난히 내 오른쪽 팔뚝만 울그락 불그락 튀어나온듯하다. 기분 탓 일까 예쁘고 늘씬한 모습은 글렀다. 에스컬레이터 발판 간격은 또 어찌나 좁은지 양손으로 쿵-짝 쿵-짝 박자에 맞추어 내발 한번 캐리어 한번 이렇게 손과 발을 맞추어 장단을 추어야 하는 법. 한눈 파느라 장단을 제 때에 맞추지 못하면 캐리어 친구들과 함께 앞으로 쏠리어 큰 코 다칠 수 있으니 조심 또 조심해야 한다.

캐리어와의 전쟁은 여기서 그치지 않는다. 기내에 들어가서는 2차전쟁이 시작된다. 탑승전의 기내 안은 말 그대로 전쟁통이다. 여기저기 널부러져있는 신문과 각종 쓰레기, 청소기를 들고 우렁찬 소리를 내뿜며 반겨주시는 청소 아주머니, '비키세요'하며 돌격하시는 진격의 카트차량 아저씨, 부랴부랴 짐을 싸고 이제 곧 내리는 전 항편 승무원 부대들, 그리고 제 막 그곳을 들어가려 하는 우리들. 그렇게 조그마한 복도식의 기내엔 들어가려는 자와 나가는 자와의 눈치게임이 시작된다.

나가는 자들이 더 급하기에 다시 영혼까지 힘을 끌어 모아 내 몸뚱이와 캐리어를 함께 좌석 칸 사이사이로 퍽하고 밀쳐 넣은 채 얼른 내어가라고 자리를 비켜준다. 그리고 다시 복도를 헤집으며 저 맨 끝 갤리까지 질질 끌고 간 후 오버헤드 맨 끝에 우리들의 짐을 넣으면 된다. 이때 다시 캐리어 분리해체 작업을 시작하여 예쁘게 각을 잘 맞추어 짐칸에 보관 후 그때부터 본인 듀티의 일을 시작하면 된다. 여기까지가 집에서 출발해서 기내에 도착하는 순간까지의 짐과의 사투다. 그렇게 온갖 힘을 쓰고 나면 정작 본래 해야 하는 일에 쓸 에너지가 없어지고 만다. 이미 녹초가 되어버려 찢길 대로 찢긴 종이 쪼가리 같은 내 몸뚱이와 쭈글쭈글 주름진 내 얼굴을 보며 다짐한다.

'힘들다 다음부턴 적게 챙겨야지'

가만 보면 캐리어는 마치 우리들 삶과 비슷하다. 가방이 무거우면 무거울수록 짊어지는 게 많으면 많을수록 한 발짝 내딛는 것 자체가 고되고 힘들다. 배낭이 무거우면 걸음도 무거운 것처럼 우리의 삶도 그렇다. 너무 많은 것을 담고 채우기만 하는 삶은 그만큼 걱정도, 불안함도 큰 법이다. 욕심이 많으면 많을수록, 남의 것을 탐내면 탐낼수록 모든 것을 가지려 들고 그저 소유하면 할수록 신경 쓰일 일들이 너무나 많다. 욕심은 끝도 없기에.

생각해보면 나는 항상 채우는 삶만 고집했던 것 같다. 호텔에 도착하면 줄곧 마트로 나가 그 나라의 음식과 과일들을 냉장고 안에 즐비하여 꼭꼭 채워대기 바빴고 밖을 나서면 그 나라에서 유명하다는 음식은 하나씩 다 먹어봐야 직성이 풀렸다. 채우고 담고, 맘껏 먹고 사고 난 뒤 빼곡빼곡 나란히 모여있는 식량 비슷한것들과 기념품들이 내 눈앞에 보여야 그제서야 마음이 편했고 호텔 침대 옆엔 무조건 1.5리터짜리 물통이 몇 통씩 즐비되어 있어야 했다.

짐의 부피가 크면 클수록, 물질적으로 더 많이 소유하면 할수록 내 마음도 덩달아 가득 채워지는 줄 알았다. 그게 결핍인 줄도 모르고 말이다.

내게 있어 캐리어란 어쩌면 욕망 덩어리가 아니었을까

채우기만 할 줄 알았지 비워낼 줄 몰랐던 것처럼

온통 더하려고만 했지 덜어내는 법을 몰랐던 것처럼

바퀴 달린 채 제 할 일을 다하며 이 나라 저 나라를 함께 달려대던 내 진격의 캐리어들은 코로나로 인해 어느덧 옷장 속에 깊숙이 처박혀있는 짐짝이 되어버렸다. 갈 곳을 잃어버려 속이 텅-빈 채로 눕혀져 있는 캐리어들을 보니 왠지 모르게 마음이 찡하다. 문득 바쁘기만 했던 지난날의 내 모습이 생각나는 오늘이다. 그 안엔 내 지난 삶과 여행이라는 추억들이 고스란히 묻어있기에.

이제는 저 캐리어 안에 꽁꽁 숨겨두었던 승무원 시절 속의 그 기록과 삶의 이야기를 하나 둘 씩 풀어갈 예정이다. 채우는 삶에서 비워내는 삶으로 말이다. 그래도 아주 가끔은 그립다

빵빵한 캐리어를 끌며 공항을 거닐던 욕망 가득 찬 내 모습이!

승무원이지만
유니폼이 싫습니다

정식 승무원이 되신 걸 축하 드립니다

처음 유니폼을 받던 날을 아직도 기억한다. 6개월간의 지옥 같은 훈련을 마치고 유니폼을 받던 그 날은 여전히 잊을 수 없는 역사적인 날이었다. 몇 개 월 내내 지겹도록 입어대던 교육생의 상징인 흰 블라우스와 검정치마를 냅다 집어 던지고 명찰도 채 달리지 않은 새 유니폼을 끌어안고 너도나도 사진을 찍기 바빴다. 정식 승무원이 되었다는 희열감에 기뻤던 걸까 새 출발을 의미하는 새 옷이 좋아서 였을까. 이유야 어쨌건 이 유니폼을 입는 순간부터 모든 승무원들은 항공사를 대표하는 사람이 된다. 항공사를 대표하는 '얼굴'이자 회사의 '신념'을 보

82

여주기 때문에 너도나도 앞다투어 거액의 비용을 투자하면서까지 유명 디자이너와 손을 잡고 큰 공을 들이는 이유이기도 하다.

우리 회사의 경우 파리지앵의 감성을 유니폼으로 옮긴 에어프랑스 유니폼과 흡사한데 패션업계의 거장인 프랑스 출신 디자이너 크리스티앙 라크르와가 한 땀 한 땀 만들어낸 세계에서 가장 아름다운 유니폼 5위권에 드는 나름의 퀄리티 있는 유니폼 중 하나이기도 하다. 단지 유니폼이 예쁘다는 이유만으로 승무원을 준비하는 사람들이 있을 정도로 단순히 아름답다는 표현 그 이상의 판타지와 로망, 아무튼 말로 표현하기 힘든 그 어떤 마력이 존재한다. 아무나 갖다 입혀도 예뻐 보이는 마력! 남녀 불문하고 말이다. 하지만 이 유니폼의 로망은 한 달도 채 안되어 불편한 작업복 이 되고 만다.

가뜩이나 살이쪄 허벅지를 가리고 싶은데 가운데 사이로 가위로 오린 듯 트여버린 디자인의 유니폼 탓에 점프싯에 앉으면 재빨리 두 손으로 벌어진 치맛자락을 감추기 일쑤였고, 손님이 바로 앞에 앉아있는 비상탈출 좌석 앞자리에 마주 보고 앉는 날이면 서로 얼굴 붉히며 당황하기 그지없었다. 도대체 누굴 위한 옷인걸까 참 의문이다. 더군다나 나날이 복부를 조여 오는 이놈의 허리 벨트 덕분에 당장이라도 풀어헤치고 휴- 하고 숨을 깊게 내뱉고 싶지만, 매번 다이어트에 실패해 버린 나의 몸뚱이를 탓할 뿐. 그저 평소보다 화가 더욱 차올라 부풀대로 부풀어 올라온 배를 꼭 부여잡고 다짐한다. '오늘은 저녁 굶어야지'

승무원들이라면 공감하겠지만 이륙과 착륙을 반복하며 쪼그라졌다가 다시 팽창해지는 패트병을 보며 한 번쯤은 이렇게 생각해봤을 법도 하다. '내 몸안의 장기들도 저렇게 수도 없는 팽창과 수축을 반복하겠지..' 그야말로 악조건 속의 높은 압력의 수축과 팽창으로 어느샌가 내 몸은 얼굴부터 종아리까지 퉁퉁 불어있기 마련이고, 몸 하나 맘 편히 움직이기 힘든 좁은 기내 안에서 딱 달라붙는 치마와 검정 하이힐은 그저 불편하고 성가신 겉치레에 불과할 뿐이다. 되도록이면 편안하게 좀 만들어주지 대체 왜 이리도 타이트하고 불편하게 만들었을까. 보는 사람도 불편해지게 말이다.

미의 기준은 사람마다 다 다른데 여성의 신체적 특성과 편안함은 전혀 고려하지 않고 오로지 남성 중심주의의 정형화된 미의 기준으로 마네킹 찍어내듯 만들어버린 유니폼을 보고 있자니 마음 한편으로 속상하기도 하고 씁쓸하다. 왜 여성이라는 이유로 이런 불편함을 감수해야 할까. 앉았다 일어났다를 반복해야 하는 일의 특성상 짧은 치마보다 편한 바지를 입어보고 싶은데 여성의 미 자체를 무조건 치마 하나로 단정 지어버린 사회적 잣대와 기준에 그저 아쉬움만 가득 할 뿐이다.

그래도 유니폼이 주는 좋은 점도 있다. 저 멀리 공항을 거닐다가도 우리 회사 유니폼을 발견하면 마치 나의 동지를 만난 듯 그렇게 반가울 수가 없었고, 수많은 승객들 사이를 거닐 때면 왠지 모를 우리만의 '유대감'을 안겨주기도 했다. 나와 똑같은 옷과 같은 쪽머리 헤어스타일을 한 사람들과 다 같이 승무원 전용 라인에 줄을 서있을 때면 말로 표현할 수 없는 그 어떤 특별한 소속감을 느끼기도 했다. 커플들이 커플티를 입으며 그들만의 친밀감과 유대감을 자랑하듯, 같은 옷, 같은 제복, 같은 유니폼은 그 세계만의 동질감을 주기 마련이다.

촌스러운 빨간색 립스틱과 꽉 끼는 유니폼을 향해 매일같이 불편해서 싫다고 툴툴거리다가도 막상 사진 속의 내 모습을 보자니 그저 예쁘게만 보였고 보수적인 집단을 자랑하는 이 답답한 항공사 문화가 싫어 죽겠다며 아우성쳐대도 때로는 같은 회사 사람이라는 이유 하나만으로 서로를 마음껏 챙겨주던 소속감 가득한 동기들과의 공동체 문화가 그립기도 했다. 그야말로 모순 그 자체다. 싫은데 좋고 싫다고 하면서 결국 다시 그리워하는 꼴이라니 미워할래야 미워할 수 없는 애증의 모순덩어리!

승무원이지만 유니폼이싫다.

(아니, 사실은 유니폼 너가 너무나 좋다!)

승무원 면접만
합격하면
다 되는 줄 알았다

"

승무원은 무조건 예쁘면 되는 거 아니야?
승무원 중에 머리 빈 애들 많잖아

어렵다는 승무원 합격에 합격만 하면 아무 걱정 없이 탄탄대로 살 줄 알았다. 연애도 자유롭게 할 줄 알았고, 면접 때처럼 고군분투하며 무언가를 준비하는 삶도 없을 줄 알았다. 승무원을 준비하는 준비생들 대부분이 그렇듯 단정하고 세련된 유니폼을 입고 멋지게 공항을 거닐며 이 나라 저 나라를 여행하고 비행하는 나름 프로페셔널한 모습의 나를 상상하곤 한다. 하지만 현실은 남들 다 자는 시간에 일어나 졸린 눈을 비비며 화장을 하고 어느덧 작업복이 되어버린 유니폼을 입고 무거운 짐을 이끌고 집을 나선다.

머리가 헝클어지면 안 되니 고개를 빳빳이 든 채로 공항버스에 앉아 불편한 자세로 약 한 시간을 달린다. 조금 잠을 청하려고 하면 어느덧 공항에 도착했다는 안내방송이 들린다. 가장 싫은 순간이다. 공항에 도착해서는 알코올 검사를 한 후 쇼업실에서 이름 체크를 하고 있으면 하나둘씩 비행할 선배님들이 들어오신다. 연신 허리를 구부려대며 인사를 하고 난 후 같이 가는 선배 뒤를 졸졸 따라다니며 혹여 실수는 하지 않을까 눈치보기 바빴고 기내에 탑승해서는 '내'일보단 '선배'님의 일을 먼저 도와드리는 동방예의지국의 후배가 되어야 하는 법이다.

매 항편마다 각자 정해진 듀티와 구역이 있기 때문에 비행 도중 아무리 머리가 어지럽고 배가 아파도 그 누구도 나를 대신해 일처리를 해줄 수 없는 노릇이고, 힘들다고 당장 병가를 쓰거나 조퇴할 수도 없는 노릇이다. 레이오버 때마다 해외체류지에서 사 온 온갖 유명하다는 상비약을 꺼내 착륙 전까지 무사히 별 탈 없이 아프지 않기 많을 바랄 뿐. 12시간 이상의 장거리 비행의 경우엔 기조가 돌아가면서 순환근무를 하는데 불이 다 꺼진 채 손님들이 다 자고 있는 시간에도 눈을 붙이긴 힘들다.

규정상 춥다고 담요를 덮을 수 없고 코트를 입을 수도 없다. 오들오들 떤 채로 따뜻한 물통을 이리저리 어루만지며 차가운 손과 다리를 녹이는 꼴이라니. 예뻐 보이던 유니폼은 더 이상 유니폼이 아니라 거추

장스러운 작업복일 뿐이다.

허벅지와 배를 쪼여오는 압박스타킹 덕분에 아까 먹은 기내식이 제대로 소화가 되지 않아 스르르 배가 아파오기 시작하니 다시 가방을 뒤적이며 소화제를 먹는 일도 다반사였다. 건조한 기내 덕분에 비싼 에센스를 듬뿍 발라놔도 피부는 이미 쪼글쪼글한 주름으로 가득 잡혀있고 눈은 뻑뻑해 속눈썹과 함께 말라비틀어지기 일보직전이다. 다시 덕지덕지 수정 화장을 하며 거울을 보는데 오 마이 갓 집 밖을 나왔을 때의 초롱초롱했던 내 모습은 어디 가고 여기저기 삐죽삐죽 튀어나온 잔망스러운 잔머리에 퀭하고 내려온 다크서클을 보니 피폐해진 거지가 따로 없다. 벙커(승무원들이 자는 곳)는 또 어찌나 작고 답답한지 세상 모든 묵은 먼지 때가 다 여기 붙어있다. 감기는 덤일 뿐

모든 직업엔 양면성이 존재하듯, 우리의 직업도 자세히 들여다보면 비극 그 자체다. 모든것엔 명과 암이 존재하기 마련이다. 여전히 승무원을 준비하는 사람들 아니 몇 년 전의 나도 이 직업이 이토록 성가시고 힘든 일이란 걸 알았더라면, 그럼에도 불구하고 준비할 수 있었을까

비단 승무원 이외에도 세상엔 더 어렵고 힘든 일이 수두룩하다. 하지만 유난히 승무원이라는 직업은 예쁘고 몸매만 좋으면, 비주얼만 되면 '아무나' 되기 쉬운 직업이라는 인식이 깔려있는 것 같다. 스터디 당시 누가 봐도 화려하고 예쁜 연예인급의 지원자를 봤다. 당연 그 친구는 프리패스로 합격할 줄 알았지만 3년이 지난 지금도 여전히 알바를

하며 준비하고 있는 친구도 있고, 예쁜 미모에 연영과를 졸업해 현직 배우를 하고 있는 친구도 첫 면접에서 탈락을 하기도 했다. 면접은 연기라는데 그것도 아닌가 보다. 항공과를 나왔고 어느 정도 스펙에 누가 봐도 승무원 이미지인 친구가 있지만 그 친구 역시 매 채용마다 탈락의 고비를 마셨다.

남이 봐도 소위 멋있어 보이는 직업은 내가 봐도 해보고 싶고 진입장벽이 낮은 직업일수록 그만큼 경쟁자가 많을 수밖에 없다. 소위 어디가서' 예쁘다 '라는 말을 들어온 여자들이 뭉쳐 너도나도 해보겠다고 지원해보지만 그럼에도 불구하고 그 예쁜 여자 10명 아니 100명중에 한 명만 뽑히는 게 바로 승무원 면접이다. 면접장은 자신의 화려한 외모를 자랑하듯 뽐내러 오는 곳이 아니고, 수많은 지원자를 봐온 현직 면접관이 바라보는 기준은 결코 단순히 외모로 결정되는 게 아니라는 것이다. 물론 외모도 중요하다. 하지만 여기서 말하는 외모는 나예쁘죠? 빨리 뽑아요 가 아니라 상대를 편안하게 해주는 호감 가는 인상을 애기하는 게 아닐까.

지금의 내가 면접관이 되어 지원자를 뽑는다면 찰나의 몇 분이지만 대충 느껴질 것 같다. 단지 직업 그 자체에 환상이 있는 사람인지 외모에 대한 높은 기대와 자신감으로 그냥 한번 궁금해서 보러 온 사람인지, 아니면 정말 하고 싶은 '이유'가 있는 사람인지. 적어도 내가 몸담고 있는 회사는 무조건 예쁘다고 입사하기 쉬운 회사도 아니였을 뿐더러 각 유명 해외대를 졸업하고 몇 개 국어를 구사할 줄 아는 언어 능력자도 많았고, 서비스업인 만큼 이미 이 분야의 다양한 경력과 경험을 가진 동기들도 많았다. 인품이 훌륭한 동기도 있었고 꼭 이 직업이 아니어도 큰 회사에 들어갈 만큼의 유능한 능력과 재능을 가진 동기들도 많았기에 이 세상에 '아무나' 하는 직업은 없다.

면접을 합격하고 교육을 받고 새로운 세계에 입성하여 새로운 룰을 따르며 때로는 내가 원하던 이상과는 다른 모습에 실망하기도 한다. 하기 싫은 일에도 어쩔 수 없이 해야만 하는 경우도 비일비재하며 진짜 '나'의 모습이 아니라 사회가 원하는 나의 모습으로 변해가기도 한다. 그리고 그 정해진 틀 안에서 나름의 내 방식대로 살아가려고 애를 쓰기도 한다. 그래서 가끔은 그때 그 시절이 그립기도 하다. 합격만 하면 다 될 줄 알았던 마냥 순수했던 그 시절. 목표를 향해 달려가던 열정 가득한 그때 그 시절

순수하게 빛났던 그때의 내 모습이 너무나 그리운 요즘이다.

외항사
승무원으로
산다는 건

처음엔 모든 게 좋았다. 제2의 고향인 상해에서 유학생이 아닌 직장인으로 해외취업에 성공했다고 생각했고, 젊었을 때만이 누릴 수 있는 최고의 경험인 여행과 비행을 자유롭게 할 수 있는 꿈의 직업을 이뤘다는 뿌듯함과 세상에 대한 설렘과 함께 매일 새로운 곳, 새로운 사람들과 함께 하는 비행 생활은 유학생활을 하면서도 느껴보지 못했던 일종의 해방감 비슷한 짜릿한 삶을 살 수 있었다.

상해 오프 때마다 동기들과 데이트하는 순간도 매일 바뀌는 맛있는 기
조식에 대한 궁금증, 다음 레이오버 비행은 누구와 어디로 가는지, 비
행 다녀와서 침대에 누워 각 쇼핑리스트와 여행 계획을 짤 때의 두근
거림, 새로운 여행지와 근사한 호텔, 가장 설레었던 행복한 월급날, 자
기 전 하루 비행스토리를 늘어놓으며 맥주 한잔으로 마무리하는 시간
들, 서로 기념품을 챙겨주던 타지 생활까지 그렇게 하루하루 설레는
나날들을 보낼 수 있었다.

그런데 참 이상했다. 바쁜 스케줄을 소화해내며 멋지고 화려한 곳을
여행하고 맛있는 걸 먹고 예쁜 것들을 눈에 담았는데 호텔로 돌아오
는 길이 마냥 행복하지만은 않았다. 가끔 혼자 우두커니 아무도 없는
방안에 있을 때면 나도 모를 공허함과 외로움이 물밀듯이 찾아왔다.
외로움을 달래고자 sns를 켜보면 온통 연인과 함께한 럽스타그램뿐.
어쩌면 유독 그런 사진만 보였던 건 아닐까.

매번 한국에 가는 날을 기다리며 날짜를 정해서 만나는 나와는 다르
게 만나고 싶으면 만나고 보고 싶으면 당장이라도 달려갈 수 있는 그
들의 자유로운 물리적 거리가 부러웠다. 나만 빼고 다 행복해 보였던
건 그날 하루 너무 피곤했던 탓일까 아니면 선배도 동기도 없이 혼자
온 비행이 외로워서였을까. 이유가 무엇이 되었든 내 몸뚱이 하나 건
사하지 못하면서 연애라니 고작 한 달에 한번 한국에 들어가는 주제
에 연애는 어쩌면 사치라는 생각이 들었다.

그럼에도 장거리 연애를 유지하던 동기들은 보통 4-5년 이상 오래 연애하던 사이였고, 보통 이 일을 하다 보면 불규칙한 스케줄과 환경 때문에 어쩌다 한국에서 누군가와 만나 잘됐다 한들 몇 달이 채 가지 않아 차거나 또는 차이는 경우를 종종 봤다.

우리는 한국과 중국을 오가며 한국에서 많이 쉬게 해 주는 한중 스케줄과, 상해에서 쉬면서 한국은 한 달에 한 번만 갈 수 있는 국제 스케줄로 나뉘었는데 나의 경우는 국제선 스케줄이 대부분이었기에 많이 만나고 알아가야 할 연애 초반에 누군가와 오랫동안 관계를 유지해나가기 어려웠던 것 같다. 반면, 어떤 선배는 상해 오프에도 굳이 무료항공권을 써서라도 한국에 있는 남자 친구를 만나야 한다며 한국 행 티켓을 쓰시는 멋진 선배님도 있으셨고, 또 어떤 선배는 자기돈을 써서라도 한국에 가서 데이트를 즐기신 분들도 계셨다. 그런 면에서 일과 연애를 다 잡는 분들은 정말 리스펙.

만약 한 달에 한 번밖에 볼 수 없는 여자 친구를 매일같이 연락해주며 바람피우지 않는다는 조건하에 오직 나만 바라봐주며 기다려주는 남자가 있다면 그것 또한 정말 리스펙. 외로움을 달래보고자 외국의 현지인을 만나 연애하는 경우도 종종 봤는데 결혼까지 간 경우는 드물었다. 결국 한국 사람은 한국사람을 만나야 행복하다는 것. 이게 바로 내가 8년간의 해외생활을 통해 내린 결론이었다.

지속적인 만남이 오래 유지되기 힘든 불가피한 환경 속에서, 불안정하고 기약 없는 나날 속에서도 아니 어쩌면 이런 환경이 나를 더 불안하게 만드는 걸지도 모를 정처 없는 타향살이에 그저 존재 자체만으로도 힘이 되어주고 내 마음 깊숙이 의지하고 기댈 사람은 과연 있긴

할까. 누군가에겐 평범한 삶이 어느 누군가에겐 부러움의 대상이 될 수 있다는 것. 화려하기만 한 sns가 다가 아니듯 완벽한 사람은 없고 누구나 결핍이 있다는 것. 결국 눈에 보이는 게 다가 아니라는 걸 느낀다.

그래도 가끔 일하면서 얻는 소소한 행복도 있다. 3000피트 상공에서 바라보는 하늘 아래 동료들과 함께 한다는 것에 감사하고, 피곤한 새벽비행에도 마주하게 되는 노을 진 하늘 속 풍경에 감탄하고, 그 아름답고 경이로울 수밖에 없는 자연의 신비함에 나도 모르게 겸허해진다. 아무리 힘들고 지친 비행 속에서도 쭈뼛 쭈뼛 수줍게 다가와 건네던 꼬마손님의 깜짝 편지에 미소 짓게 되고 천사 같은 아이들의 순수하고 해맑은 눈웃음에 다시금 행복을 가져다 주는 아이러니한 직업.

생각해보면 우리 삶이 그렇다. 오랫동안 목표를 이루고 꿈꾸던 새로운 세계에 입성하고 나면 모든 문제가 다 사라질 것 같지만 절대 다 그렇지만은 않다. 그 세계는 규칙이 있고 규율이 있으며 그에 따른 모든 책임은 오롯 나 자신 뿐이라는 걸! 행복도, 불행도 모두 다 마음먹기 달렸다는 것. 그리고 지금도 어딘가에서 홀로 외로이 비행하는 나의 또 다른 동료들과 외로웠던 과거의 나를 한 번쯤 안아주고 싶다.

그 동안 잘해왔고 앞으로 더 잘할 거니까 걱정하지 말라고

특수식 100개는
좀 너무하지 않니?

또 밴쿠버? 망할..

나는 밴쿠버 비행을 별로 좋아하지 않는다. 그 이유는 인도 승객이 너무 많아서이다. 인도 승객이 많으면 왜? 인도는 여전히 계급사회(카스트 제도)가 존재 하기 때문이다. 신분제도가 있으면 왜? 즉 자신보다 아래계층의 사람들에겐 함부로 대할수 있다는 것. 또한 종교식, 채식이 많은 인도 승객분껜 탑승전부터 예약해야 하는 밀이 실리는데 이 특수식 종류만 몇 십 가지가 넘고 같은 채식 이어도 계란이 없는 채식 밀, 돼지고기가 없는 채식 밀 등등 이름도 천차만별이다.

종류가 너무 많아서 체크하는데도 어려운데 문제는 대부분의 승객이 연세가 있으셔서 그런지 영어를 써도 서로 의사소통이 안되니 뭐 도대체 이분들이 어떤 특수식을 시키셨는지 정확히 확인하기가 어렵다. 할 수 없이 아이패드에 표기된 손님 정보로 체크를 하는데, 자리 바꾸는걸 어찌나 좋아하시는지 분명 좌석에 탑승하자마자 바로 이름과 특수식을 확인했는데도 불구하고 어느덧 이륙 후에 찾아보면, 이미 다른 분들과 자리를 바꾸셨다.

이름도 무슨 마하무라, 알바라 등등 발음하기도 어려운 긴 영어 이름인데 얼굴들도 다 비슷하게 생기셔서, 이분들이 사전 상의 없이 마음대로 자리를 바꾸시면 서비스가 잘못 나갈 수 있고 그 잘못된 음식을 드시면 탈이 날 수도 있기 때문에 곧바로 컴플레인이 발생하기 쉽다. 그리고 혼나는 건 나의몫

> *종교식 -이슬람교식 MOML 힌두교식 HNML 유대교식 KSML*식사조절식-저지방 LFML 당뇨식 -DBML 저칼로식 LCML*채식 -서양 채식 VGML 힌두 인도식 채식 AVML, 엄격한 인도 채식 VJML, 동양 채식 VOML(이외에도 정말 다양하다. 냄새나 육안상으로는 비슷해 보이는데 많이 다르다고 한다)

어느 날이었다. 매주 스케줄이 발표되는 금요일 밤 두근거리는 마음과 함께 스케줄 표를 클릭했다. 그리고 다섯 번째 밴쿠버에 당첨됐다.

'와우 각오 좀 단단히 해야겠는걸.'

혼자 방에서 짐을 싸면서 제발 내 구역에 특수밀이 많지 않길 바랬다.

나는 7호였는데 큰 기종의 7호가 안 좋은 점이 있다면, 할 일이 너무나 많다. 화장실, 특수식 또는 휠체어 손님 확인, 그리고 기조 휴게실 (기조가 쉬는 공간, 벙커)에 이불과 베개를 뜯어야 하는데 이불 베개를 뜯는데만 벌써 체력 고갈, 머리는 다 흥클어지고 손으로 쥐어뜯느라 손목이 너무나 아프다. 대충 뜯고 나오면 벌써 탑승 준비를 알리는 방송이 시작된다.

오 마이 갓! 향긋한 카레 냄새를 풀풀 풍기며 머리에는 흰 두건을 쓴 몇백 명의 스마프 군대의 행렬이 시작됐다. 짐은 왜이리 많은지 탑승한 지 몇 분도 안되어 벌써 오버헤드는 만석. 좌석이 이곳이 맞냐는 건지 좌석을 바꿔도 되냐는 건지 자꾸 물어는 보셨지만 알아들을수 없는 인도어와 영어가 섞인 인글리쉬? 덕분에 환장할 노릇이다.(이래 봬도 영국 어학연수생인데… 다시 다녀와야 하나)

 뒤죽박죽 정신 없는 흰 두건의 생명체들이 하나 둘씩 자리에 앉으면 다시 한번 특수식을 확인한다. 이륙 후 바로 서비스를 해드려야 하기 때문에 확인힐 시간은 그리 많지 않기에 최대한 빨리 하는 편인데 안타깝게도 그날 나의 통로는 대략 100개의 특수식이 예약되어있었다. 물론 나는 앞 구역만 하면 되지만 뒤쪽 나와 같은 통로의 승무원이 사무장님이셨기 때문에 사실상 내가 거의 다 해야 하는 부분이었다.

툭(영혼이 빠져나가는 소리)

아직 시작도 안 했는데 벌써 멘붕.. 아무것도 하기 싫다. 어쩌지.. 머리가 너무 아프다. 가까스로 확인을 끝내고 무거운 마음으로 점프싯에 착석한 채 종이에 써 내려간 그들의 정보와 특수식을 다시 한번 머릿속에 되새긴다.

땡! (본격적 지옥 시작)

안전고도에 도달했다는 소리와 함께 급하게 갤리로 달려가 특수식을 먼저 제공해드렸다. 아니나 다를까 아까까지만 해도 분명 좌석에 게셨던 분이 그새 자리를 옮기셨는지 보이질 않았다. 알고 보니 다른 통로의 사람과 자리를 바꾸셨고 난 급히 옆 통로 승무원에게 내 승객의 이름, 얼굴, 특수식을 알려드렸다

특수식을 다 마치고 일반 기내식을 서비스하는데 어떤 분이 계속 나를 붙잡으며 자신이 시킨 밀은 왜 안 주냐며 정말 순수한 표정으로 물어보셨다. 순간 내가 무슨 잘못을 한 줄 알고 사무장님 아이패드까지 몇 번을 왔다 갔다 하며 다시 확인해봤지만 그분의 명단은 찾아볼 수가 없었다. 시키지도 않아놓고 시켰다며 감 놔라 배 놔라 하시는 분들이 정말 많다. 정말 아무렇지도 않은 표정으로 자신을 믿어달라며 억지를 쓰셨고 사무장님께서는 귀찮다는 듯 기조식에 채소를 섞어 만든 밥을 내어주셨다. 단 다른 승객들 눈에 띄지 않게 몰래 드리라는 말씀과 함께!

"손님 주문하신 VGML(서양 채식) 나왔습니다"

"베지? 베지????"

뻔뻔한 연기를 하신 그 남자분은 베지가 맞는지 확인까지 하시더니 그 자리에서 금방 다 드셨다. 그리고 그렇게 3번을 직접 기조식에서 따로 만들어 제공해드렸다. 내 얼굴은 웃고 있었지만 속에선 말로 할 수 없는 분노가 끓어올랐고 스트레스를 풀 곳은 단 하나. 기내식 폭식하기.

유독 밴쿠버 만 다녀오면 살이 유독 쪄 있었는데, 그 이유를 이제야 알 것 같다. 종종 정신적 체력적으로 영혼을 탈탈 털어버리는 항편들이 있는데 밴쿠버 비행은 손에 꼽히는 최악의 비행이다.

아무리 생각해도 특수식 100개는 진짜 너무하다.

기내 방송사고를
내버렸다

"

실수를 해버렸다 그것도 나의 동기 앞 에서

승무원은 안전, 서비스 이외에도 '기내방송'을 하게 된다. 국내의 경우 사무장과 같은 높은 직급의 소유자에게 해당되겠지만 우리 회사의 경우 한/중/영 세 가지로 나뉘어 한중 비행에서만 한국 승무원이 한국어 방송을 진행하면 되었다. 방송 자격은 '선배'가 우선이다. 그날은 제일 친한 동기와 청도 1박 2일의 동기 비행이 떴고 나는 A320 #4호를 맡았다. 에어버스 320의 작은 기종 4호는 한마디로 꿀 호수다! 5호와 달리 문 조작을 하지 않아도 되고 비상구 좌석 손님들과 객실만 담당하면 된다. 심지어 갤리 안쪽에 넓은 점프싯에 나 홀로 편안히 '쪽잠'을 잘 수 있는 은밀한 공간이기도 하다.

이날은 같은 기수의 동기 비행이었으므로 너무나 편안하게 일을 시작했다. 서로 어피도 체크해주고 맘껏 여유를 부리며 승객 보딩 방송과 함께 급히 주머니 안쪽에 넣어둔 작은 기내방송 수첩을 꺼냈다.

"손님 여러분 안녕하십니까,

저희 동방항공을 탑승해주셔서 감사합니다.

저희 비행기는 MUXXX 편이며———-(푸흡)"

그때였다.

방송 도중 친한 동기와 잠깐 눈이 마주쳤고 얼굴을 보자마자 갑자기 미친 듯이 웃음이 나오기 시작했다.

'아 이러면 안 되는데 어떡해 웃음이 멈추질 않아!'

큰일 났다. 자꾸만 웃음이 나오기 시작했고 목소리가 사시나무 떨리듯 떨리더니 발음도 이상해지고 호흡도 가빠지기 시작했다. 웬 신입 초짜 나부랭이가 비행 첫날 선배 앞에서 긴장이라도 하는 듯 수화기 너머로 들려오는 내 방송은 정말이지 거지 같았다! 젤 친한 동기 앞이라 더 프로페셔널한 모습을 보이고 싶었는데 너무 긴장이 풀린 탓이었는지 한번 터진 웃음은 당최 멈출 기미를 보이지 않았다. 한 손으론 기내방송을 읽고 한 손으론 동기에게 재빨리 손을 내저으며 뒤돌아서 있으라는 암호를 보냈다. 다시 차분하게 마음을 가다듬고 안전검사 방송을 이어나가려던 찰나 저 멀리서 혼자 어깨를 들썩이며 웃음을 참고 있는 동기의 뒷모습이 보였다. 그 어깨춤을 추는 모습에 내 입꼬리도 다시 씰룩 거리기 시작했다.

'안돼 사무장님이 지켜보고 있다. 내일 돌아오는 비행에서 혼나려면

어쩌려고.. 정신 차려!!!!'

다행히 저 멀리서 다가오고 계신 사무장님의 범접할 수 없는 풍채와 아우라 덕분에? 동기의 시야가 가려졌고 재빨리 마지막 멘트까지 무사히 마칠 수 있었다. 분공사행 사무장님들의 포스는 좀 많이 무섭다. 나를 힐-끔 쳐다보시더니 다시 앞 갤리로 돌아가시는 뒷모습까지 보며 그제야 참아왔던 한숨을 내쉬었다. 10여 분간의 시간 동안 정말이지 이렇게 스펙터클할 수 있다니 웬만해선 기내 안에서 긴장을 잘 늦추지 않는 나인데, 눈만 마주쳐도 웃긴 나의 동기 때문 이었을까. 유난히 친한 동기와의 비행 때문에 설레어서였을까

이유야 어쨌건 지금은 웃으면서 말할 수 있는 이야기이다. 누구나 실수는 하기 마련이니까 말이다. 그래도 동기와의 비행은 말로 표현할 수 없을 만큼 좋다. 친한 동기와의 비행은 더더욱 좋다

나와 결이 맞는 동기가 있다는 건 참 행복한 일이다

본 비행이
내게 준 메시지

천직: ' 하늘이 내려준 직업'

"

천직 이라는 게 정말 있을까?

드디어 정식 승무원이 되어 첫 중단거리 비행을 다녀오게 되었다. 콜롬보 스리랑카는 내게 생소한 여행지였다. 걱정 반 기대 반으로 비행 후 도착한 스리랑카는 내가 생각했던 낙후된 동남아의 모습이 아니었다. 번쩍번쩍 으리으리한 5성급 호텔에 반했고 사무장님의 주도하에 삼삼오오 모여 악어 체험을 하러 나섰다. 배를 타고 정글 숲을 지나 악어를 만지는 괴상한 체험에 또 한 번 반하고, 노을 지는 석양 아래 다 같이 식사를 하며 도란도란 애기를 나누는 순간들이 꿈만 같고 행복했다.

불과 몇 시간 전만 해도 생판 모르는 우리들이었는데.. 석양이 아름다운 하늘 아래 단 며칠, 아니 몇 시간이라는 한정된 시간 속에 이름 모를 어떤 곳에서 이름 모를 그대들과 소중한 추억 한 조각을 만들 수 있다는 것 그 자체만으로 소중한 인연을 만들 수 있는 직업.

내일이면 각자 헤어지고 언제 또 어디서 마주할지 모르지만 그 순간만큼은 서로가 서로를 챙기며 둘도 없는 여행의 파트너가 되어주고 공동체라는 이름 아래 서로의 시간을 내어주고 공유하며 기억할 수 있는 여행이다. 감사하고 특별할 수밖에 없는 신비한 경험에 다시 한번 이 직업에 뿌듯함을 느끼게 된다. 그런 면에서 이 직업은 나와 꼭 맞는 천직인 게 분명하다.

물론 모든 동기들이 이렇게 많은 중국인 승무원들과 같이 온 앤 오프를 동시에 즐기진 않는다. 중국이라는 나라에 대해 아직 불편한 의식을 가지고 있거나 또는 중국어라는 언어와 친하지 않은 몇몇 동기들, 혹은 중국인을 좋아하지 않는 동기들은 일 이외의 자유시간마저 뺏기기 싫다며 불편함을 호소하기도 한다. 그 시간마저 같이 어울리면 일하는 것 같은 느낌이 들어 거부감이 든다는 것이다. 그 마음도 충분히 이해한다.

보통 한 항 편엔 최대 2명까지의 한국 승무원이 배치되어 혼자 배치되는 경우도 비일비재한데 혼자 비행만 나오는 동기가 많은가 하면 선배 또는 동기와 매번 함께 비행하는 경우도 있다. 많아 봤자 총 2명의 한국인 승무원만 배치가 되는데 나의 경우엔 혼자 배치되는 경우가 많았다. 그래도 나름 중국에서 유학하면서 중국인에 대한 차별의식이 없던 나이기에 on과 off를 같이 즐길 수 있었다. 국적을 떠나 그저 함께 일하는 나의 동료니까.

————

"8호! 너 이따가 우리들이랑 같이 악어 체험하러 갈래? 원숭이도 만질 수 있대"

"당연하지!"

"8호! 조금 있다 저녁에 사무장님이 랍스타 쏘신대! 같이 갈 거지?"

"당연하지!"

"8호! 다음 비행에서도 만날 수 있었으면 좋겠다! 넌 내가 본 한국인 승무원 중에서 제일 잘 노는 것 같아"

"당연하지!"

말 한마디라도 물어봐 주는 너희들이 좋다. 차별 없이 나를 친구로 대해주는 너희들이 좋다. 하나라도 챙겨주려 애쓰는 너희들이 좋다. 내게 비행이란, 그저 함께 일하는 사람들과의 짧고도 긴 여정일 뿐이다. 비행이 아니었으면 난 여기 이곳을 올 수 있었을까?

아마 콜롬보라는 이름 조차 모르고 살았겠지?

승무원에게도
통금시간이 있습니다

"
사무장님이 실시간 위치 공유 방에 초대하셨습니다

항공사에 입사하자마자 통금시간이 생겼다. 내일모레 서른에 통금시간이라니.. 해외 베이스로 비행을 하는 우리들에겐 '재외 규정'이 존재하는데 이 규정은 한국을 떠나 상해에 체류하여 레이오버 비행에 가는 그 모든 순간까지 쭉 지켜야 하는 규율이다. 비행이 없는 쉬는 날까지도 말이다. 상해에서의 오프에도 절대 술을 마실 수 없을뿐더러 밤 9시 이후에는 외출이 금지된다. 무조건적인 금주와 9시 통금이라니

금주는 몰래 마신다고 한들, 9시 통금을 잘 지키는지 확인은 어떻게

하냐고? 레이오버 비행을 가면 사무장님의 주도하에 그날 항 편의 기조들(기장, 부기장을 포함한 전체 승무원 방) 과의 전체 단톡 방을 만든다. 이 단톡 방을 만드는 이유는 혹여나 문제가 발생했을 때 상황을 공유하거나 지시사항을 전달하고, 각 기조들의 실시간 위치를 파악하기 위해서다. 실시간 위치 추적을 어떻게 하냐고? 우리나라 카카오톡엔 아직 현재 위치 공유 기능이 없지만 중국의 카카오톡인 위챗의 여러 기능 중엔 실시간 위치 공유 기능이 있다.

현지시각 밤 9시가 되면, 사무장님이 실시간 위치를 공유하시고 그때 다 같이 참여함으로써 각자의 위치를 정확하게 파악할 수 있다. 만약 이때 위치가 벗어나 있거나 제시간에 참여를 하지 않으면 호텔방으로 콜이 오는 건 물론, 호텔 콜도 받지 못하면 사무장님이 직접 방을 검사하러 오신다. 조금이라도 호텔 범위 내에 이탈하거나, 실수로 참여하지 못하면 재외 규정을 어긴 것으로 간주되어 경위서를 작성해야 한다.

호텔 주변 맛집 에서 저녁을 맘껏 먹다가도 이놈의 9시 통금 덕분에 음식을 다 씹어 삼키지도 못한 채 한 손으론 밥을 먹고 한 손으로 시계를 쳐다보며 부랴부랴 짐을 챙겨 호텔로 뛰어들어가기도 했고, 혹여나 차가 막혀 9시를 조금 넘길 것 같으면 극도로 예민해져 애꿏은 택시기사의 귓가에 대고 연신 잔소리를 해대기도 했다. 맥주가 너무 마시고 싶지만 당당하게 맥주 한 캔 사지 못한 채 혹시나 적발되진 않을까 걱정되어 이리저리 눈알을 맘껏 굴려대며 눈치 보는 내 모습을 보자니 '낼 모래 서른인 내가 대체 왜 이러고 살아야 하나 '하는 생각도 들었다.

3박 4일 하와이 레이오버였던 어느 날이었다. 어느 때처럼 9시 통금을 기다리고 있었고 정각이 되자마자 실시간 위치 참여를 한채 얼굴화장을 지우고 있었다. 유난히 그날 항편의 사무장님이 까다로웠기에 혹시 몰라 실시간 참여된 카톡방 화면을 캡처해뒀다. 역시 여자의 직감은 틀린 적이 없다. 그 예민 까탈스러운 사무장으로부터 호텔 전화가 따르릉하고 한번 울리더니 나가서 받으려는 순간 전화가 끊겨버렸다. 그러더니 곧바로 채팅방엔 나를 찾는 톡이 연거푸 떴다.

'한국인 승무원 지금 어딨냐' '실시간 채팅방에도 없고 전화도 안 받는다' '재외 규정을 어겼으니 한국 승무 원부에 고발하겠다' '지금 빨리 본인 호수로 전화 걸어라 등등 ' 어처구니없는 말로 나를 몰아가기 시작했다. 곧바로 사무장님 호텔방으로 전화를 걸었고 분명히 실시간 위치에 참여한 사실을 설명했지만, 그녀는 내 프로필 얼굴만 자신의 폰엔 보이지 않았다며 무작정 나를 탈주범으로 우기기 시작했다. 어떤 말로 입증해야 할지 모르던 찰나, 아까 9시 2분에 찍어놓은 캡처본이 문득 떠올랐다.

곧바로 내가 실시간 참여한 캡처본을 단체 톡방에 올렸고 증명해 보이자 그제야 사무장님은 자신의 폰이 잘못된 것 같다는 말 한마디로 사건을 마무리하셨다. 미안하다는 말 한마디 없이. 수화기 너머로 뚜뚜뚜 들려오는 소리와 함께 말로 표현할 수 없는 깊은 빡침이 끓어올랐다. '방금 뭐가 지나간 거지' 화장도 제대로 지우지 못한 채 달려오느라 테이블과 바닥엔 물기가 뚝뚝 흘러댔고, 그저 그 자리에서 몇 분을 채 앉아있었다. 후- 하고 숨을 내쉰 채 다시 화장을 지우면서 다짐했다. '내일 돌아가는 비행도 힘들겠구나.'

그리고 그 캡쳐본이 없었다면 나는 아마 상해에 도착하자마자 면담에 끌려가야했겠지? 아마 나뿐만이 아니라 다른 선배나, 동기들도 이런 비슷한 경험이 있었을 거라 생각한다. 유독 한국인 승무원을 싫어하는 사무장님들도 많이 계시기 때문에. 아무리 매 항편마다 팀원이 달라진다 한들, 그 날 항편만큼은 나의 상사가 눈 시퍼렇게 뜨고 일거수일투족을 감시하고 있기 때문에 혹여라도 가는 항편에서 밉보이기라도 한다면 비행 내내, 돌아오는 항편 내내 아니 여행하는 자유의 시간들마저 모두가 가시방석이었다

처음부터 마음에 안 들면 안전벨트 하나 못 채웠다고 트집 잡아 일쑤고 그냥 눈감고 넘어가 줄 수 있는 사소한 문제마저 꼬투리가 잡힐 수 있기 때문에 많은 사람들이 승무원은 해외 가서 술도 마시고 마음껏 놀고 여행해서 행복하겠다고 생각하겠지만 사실상 모든 레이오버 비행이 행복하기만 했다면 그건 완벽한 거짓말이다. 나의 상사와 함께 출장을 간다고 생각해보자. 완벽히 자유로울 수 있을까.

그래도 사소한 일탈의 짜릿함도 있다. 몰래 숨어서 마시는 맥주 맛이 그렇게 맛있는지 몰랐고, 답답한 비행기 안에만 있다가 마주한 드넓은 와이키키 바다와 푸른 산을 보자니 가슴이 펑하고 뚫리기도 했다. 출발지의 시간과 현지 도착지의 시간이 달라지다 보니 마치 내가 시

공간을 초월하는 시간여행자가 된 것 같기도 했고, 눈떠보니 다른 세계에서 현지 사람들과 자연스럽게 어울리는 매 순간이 짜릿했고 신기했다. 아쉬움을 뒤로한 채 떠나는 발걸음도 마냥 무겁지만은 않았다. 어차피 스케줄이 뜨면 또다시 올 거니까.

여행을 일상처럼, 일상을 여행처럼

모두가 맘껏 여행하는 날이 하루빨리 다가왔으면 좋겠다.

퇴사할 수 없는
10가지 장점

몇 달간의 안전훈련을 받고 승객들의 안전을 위해 일을 하는 우리들의 경우, 자칫 개인의 방심 한 순간으로 엄청난 큰 사고를 초래할 수 있기에 매 브리핑 때마다 항상 안전 관련 공지 숙지, 응급 설비 암기 등을 외운다. 그만큼 승무원이라는 직업은 안전이 제 우선이고 안전이 보장된 상황에서 손님들께 서비스를 제공하는 것이 우리의 직업이자 소명이다. 내가 외항사 면접을 볼 때도 회사를 들어와서 일을 하면서도 늘 느꼈지만 우리 회사는 서비스보다 안전이 가장 중요했다. 서비스를 더 중시하는 국내와는 확연히 차이가 났는데 예를 들어, 대한 항공 등의 국내 항공사의 경우 기내 안에서 라면을 제공하고 면세품을 팔아야 한다. 또한 손님 탑승 시, 손님 짐을 들어주는 것이 당연하다는 인식이 깔려있다. 말 그대로 손님이 왕이다.

반면, 우리 항공사의 경우 화상방지라는 안전상의 이유로 기내에서 라면을 제공하지 않고 컵라면을 들고 직접 갤리로 찾아온다 한들 뜨거운 물을 제공하지 않는다. 한국 승무원들을 포함한 외국 승무원은 면세품을 팔지 않아도 되며, 손님 짐을 의무적으로 들어주는 경우도 많지 않았다. 평소와 다를 것 없이 한 손님의 짐을 들어드리기 위해 낑낑거리며 짐과의 사투를 하고 있을 때였다. 그 모습을 보더니 중국 승무원이 말했다

"손님이랑 같이해야지 혼자 그렇게 무거운 거 들었다가 너가 다쳐버리면 여기 안전은 누가 책임져? 서비스는 또 어떻게 하려고?"

오.역시 외국은 외국이다(일하는 내 입장에선 정말이지 너무 편했다)

다음은 내가 생각하는 퇴사할 수 없는 장점 10가지이다.

첫째, 3개 국어 능통자라는 자부심

우리 회사는 중국 제 3대 항공사이자 직원수만 8만 명이 넘는다. 항공기 보유수만 대한항공의 2-3배가 넘는 엄청난 대규모의 회사인지라 한국 승무원을 포함해서 일본, 이탈리아, 프랑스 등의 외국 승무원이 함께 일을 하기 때문에 영어와 중국어가 필수라는 것. 면접 때부터 3,4차는 영어 중국어로 이루어졌고 일정 한어 능력 자격시험 급수 이상만이 지원을 할 수 있었다. 입사 후에는 모든 응급훈련과 시험이 영어

와 중국어로 이루어지므로 외국항공사의 첫 번째 지원자격은 무조건 외국어!! 지극히 외모와 나이 위주로 선발하는 국내 항공사와는 다르게 능력위주의 회사라는 게 가장 큰 장점이 아닐까 싶다.

둘째, 월 15일 이상 주어지는 휴식 오프!

우리는 300명 이상의 한국 승무원들이 상해에서 24일 장기 체류하며 국제선을 비행한다. 매달 상해에서의 오프와 한국에서의 8일 오프까지 보통 월평균 10~15일 이상을 쉬는데, 이것 또한 외국 승무원이라는 이유만으로 주어지는 혜택 중의 하나라고 보면 된다. 연속으로 8일을 쉴 때의 그 행복은 많은 돈을 준다고 해도 포기하고 싶지 않은 부분이다.

셋째, 일하는 시간 대비 높은 연봉

모든 노동자, 근로자는 일한 만큼 돈을 번다. 본인의 일한 시간만큼 책정하여 받는 돈이 바로 월급이다. 그 외 특정 직업의 경우를 제외하고 말이다. 대한항공의 월 평균 90-100시간에 비해 우리 회사의 경우 평균 비행시간은 월 60~80! 나의 경우 한 달에 장거리 3번을 다녀와도(60-70시간 내외) 300 중 후반을 받아왔다. 물론 매번 이렇다는 건 아니다. 장거리를 몇 번 다녀오는지 어디 항편인지 나라마다의 체류비도 다르기에 월급은 천차만별이다. 매달 100시간은 정말 정말 힘들다.

넷째, GDP 기준으로 책정되는 높은 기본급

우리의 경우 한국 GDP 지수에 따라 기본급이 책정되는데 비교적 높다. 즉 비행을 한 달 내내 하지 않아도 일을 하지 않아도 나오는 기본급 자체가 높으니 추가로 비행시간, 체류비 등을 합치면 중국 승무원에 비해 월등히 높은 편이다.

다섯 번째, 자주 나오는 하와이 항편

승무원들이 제일 선호하고 좋아하는 여행지 1위는 하와이! 비행이 아니고서는 자주 갈 수 없을뿐더러 숙박비도 너무 비싸 보통 신혼여행을 제외하고서라도 그냥 여행으로 한두 번 정도 갈까 말까 하지 않을까 싶다. 하지만 나의 경우 여섯 번 정도의 하와이 비행이 떴었고, 경력과 상관없이 자주 떴었다. 국내 항공사였으면 아마 4-5년 차 이상부터 가능하지 않았을까 싶다. 신입이 입사 2년도 채 안되어 연속 하와이비행을 할 수 있는 것 또한 장점이다.

여섯 번째, 팀 비행이 아닌 자유로운 근무환경

직장생활에서 가장 힘든 점은 근무시간 내내 계속해서 마주치고 부딪혀야만 하는 직장동료 또는 선배와의 관계가 아닐까. 대부분의 마찰과 싸움은 자주 오랜 시간 같이 일하는 사람들과의 사이에서 일어나기 마련이다. 국내 비행의 경우 자의든 타의든 일단 일 년간의 팀 비행이 고정적으로 주어지는데 우리는 매 항편마다 늘 랜덤의 팀 비행이었다. 오늘 하루 싫었어도 내일 또 만날 일이 없으니 이만큼 좋은 게 어디 있으리!

일곱 번째, 꼰대 문화 없는 중국인 마인드

항공사에서는 꼰대문화 즉 시니어리티가 있다. 보통 여자들이 많은 직업인 간호사, 승무원 등의 직업군에 꼭 빠질 수 없는 일종의 관례 관습 같은 거라고나 할까. 단지 선배라는 이름으로 행 할 수 있는 일종의 권력이라고 하면 되겠다. 하지만 적어도 내가 만난 중국인들은 서로에게 비교적 관대했고 평등한 마인드가 더 강했다. 국내와 너무 비교가 됐던 탓일까 가끔은 선후배, 상하관계를 목숨 걸고 따지지 않는 그들의 문화가 부러웠고 또 그만큼 편했다.

여덟 번째, 뜨거운 밀 담당 갤리업무는 보통 중국인 담당!

갤리는 말 그대로 밀담당이다. 뜨거운 오븐 안에서 밀을 꺼내어 카트 안에 넣어야 하며 정리. 회수 등을 담당해야 한다. 객실을 담당하는 게 낫지 갤리 담당은 정말이지 힘들다. 국내의 경우 보통 막내 담당인데 우리 회사의 경우 보통 중국 승무원들에게 갤리를 준다. 뜨거운 오븐과 밀담당으로 지문이 닳아 없어졌다는 소문은 우리에게 해당되지 않는 부분이다.

아홉 번째, 국내 대비 간소한 서비스

중국 항공사에서 서비스를 기대하는 승객이 과연 몇이나 될까? 예전보단 나아졌을 거라고 생각하겠지만 아직도 우리나라 국내 항공사의 서비스 정신을 따라가려면 아직 한참 멀었다 이곳에서 일하는 사람 입장에서는 편하지만 우리 비행기를 타는 승객 입장에서는 참 불편할 것 같다. 부족한 게 너무나 많으니 말이다.

열 번째, 동기사랑 나라사랑 동사 나사!

회사 사람들과 오랜 시간을 타지에서 같이 살면서 일하는 경우가 얼마나 될까. 훈련생부터 일하는 지금까지 마음 맞는 동기들과 같은 호텔에서 지내면서 오프에는 상해 맛집 투어, 마사지, 비행과 여행 등등 둘도 없는 동거 파트너가 된다. 모든 경험은 돈으로 살 수 없는 것이기

118

에 더 값지고 이런 경험은 평범하지 않기에 더욱더 특별한 관계를 만들어준다. 일과 우정 사랑 모든 분야를 어우르며 타지에서 서로 믿고 의지할 수 있는 존재가 되어주고 그냥 회사 사람이 아닌 또 다른 나의 가족이 생기는 기분이다.

외로운 타지생활이지만

좋은 사람들을 만난 건 정말 큰 행복이다

늘 래(来)

괜찮아, 봄날은 매일 찾아오니까

빈곤했어요
마음이

승무원에게도 소위 권태기가 온다. 취준생일땐 합격만 된다면 뭐든 다할 수 있을 것만 같은 패기 넘치던 시절이 있었고, 신입생일 때 비행후 무수면 상태로도 거뜬히 전 세계 방방곡곡을 휘젓고 다니며 맛집을 찾았고, 그 나라의 유명하다고 자부하는 기념품들을 한 보따리씩가져올 때만큼은 세상을 다 얻은 듯 행복했다. 나는 여전히 낯선 이들과 마주하는 비행이 좋았고 나의 타지 생활에 버팀목이 되어주는 동기들과 함께 생활하는 것 또한 감사했다. 일상이 되어버린 여행사진을 올린 후 부러움의 눈빛으로 바라보는 사람들의 시선을 즐기기도 했다. 하지만 내 마음은 빈곤했다.

어느 순간 체류지에 도착한 후 마스크팩을 붙인 채 호텔에서 줄곧 잠만 청하던 선배들 옆에서 같이 팩을 붙인 채 자고 있는 나를 발견하고, 주 관심사였던 여행지의 맛집, 쇼핑 등이 예전만큼 마냥 설레고 기쁘지 많은 않았다. 예전엔 뉴스, 연예, 직업 등의 다양한 코너의 뉴스거리를 읽고 관심을 가졌던 나인데 비행을 시작한 후로는 마치 내 삶이 '여행'이라는 두 글자 안에 턱 하니 갇혀버린 느낌이었다. 외부 사회와는 완벽히 단절된 사람처럼 세상 밖의 일들이 그다지 궁금하지 않았다. 그저 정해진 스케줄에 따른 '휴식'과 '여행'에만 기계처럼 움직이는 사람이 되어버렸다. 잘 먹고 잘 놀고 잘 쉬는데도 마음이 허전했다.

세상은 빠르게 변하고 있었고 한국에 있는 친구들이 경제, 부동산 등의 재테크를 시작하며 전문 지식을 쌓아가고 있을 때, 어느 한 곳에 정착하지 못한 채 정처 없이 이 세상 저 세상을 다니는 삶에 대해 깊은 회의감을 느꼈다. 어쩌면 그저 해외에 나와있다는 걸 핑계 삼아 한국 사회와의 단절을 나 스스로 자처하려 했던 건 아닐까. 모르겠다. 여전히 내 마음이 빈곤했다.

그리고 나 스스로를 자문하기 시작했다. 나는 어떤 삶을 지향하는 사람이지? 나는 어떤 사람들과 함께하고 싶어 하지? 나는 어떤 일을 할 때 행복하지? 나는 선한 영향력을 줄 수 있는 사람이 되고 싶고 서로가 좋은 언덕이 되어줄 수 있는 사람들과 함께하고 싶다. 내 삶에 내가 주체가 되어 구속 받지 않고 자유롭게 나를 '이야기'하고 '표현'하는 삶을 살고 싶다!

장점이 더 많은 직업임은 분명했지만 지속적인 자기 계발을 유지하기에는 충분치 못하다고 생각했고 충분히 여행하고 세상을 둘러보며 많은 것을 경험했다고 생각하기에 이젠 '외면' 보다는 '내면'을 꽉 채우는 사람이 되고 싶다. 그래서 글을 쓰기 시작했다. 차근차근, 꾸준하게 글을 쓰기 시작하니 생각이 정리되고, 다시금 내 모습을 찬찬히 돌이켜보는 계기가 되었고 마음 깊이 담아두었던 말을 하얀색의 공간 안에 하나 둘 씩 써 내려가면서 내 마음의 깊이도 꽉 채워지고 있다.

여러모로 나를 성장시켜주는 글쓰기가 좋다.

부족한 나를 채워주는 글쓰기가 좋다.

내 이야기를 하고 들어주는 누군가가 있다는 건

참 행복한 일이다.

내 마음은 이제 더 이상 빈곤하지 않다.

브런치
하루 조회수
12만의 의미

글하나 가 터져버렸다. 그것도 12만이라는 믿기지 않는 숫자와 함께. 어느 때 와 같이 글을 썼다. 이상하게도 그날은 방구석 어딘가에서 먼지 가득 퀴퀴한 냄새와 함께 11개월 동안 처박혀있던 나의 비행 가방이 문득 그리워진 날이었다. 가방 안을 자세히 들여다보니 지난 바쁜 날의 흔적이 고스란히 담겨있었다. 비상탈출 구령지와, 여권, 사원증, 매일매일 챙겨 먹던 유산균, 비타민 통, 그리고 수많은 볼펜들 등등

'이땐 이랬지, 이런 것도 들고 다녔구나 '

혼자 지난날의 회상에 잠겨있던 찰나 옹기종기 붙어있는 회사 로고가 그려진 볼펜들이 유독 눈에 띄었다. 볼펜에 관련된 에피소드가 참 많았기에 '승무원에게 볼펜이란'이라는 이름으로 글을 쓰기 시작했다. 그리고 그 글은 2020년 11월 21일 하루 만에 조회수 12만 명이 터졌고, 여태껏 2만 5천 회의 가장 높은 조회수를 자랑했던 <퇴사할 수 없는 10가지 장점> 과는 말도 안 되는 숫자로 발라버린 어마어마한 숫자였다. 대체 무슨 내용이었길래?

내용은 단순했다. 그저 기내 안에서 세관신고서 작성을 위해 여기저기서 펜을 빌리는 승객분들의 다급함과 한 분 한 분 빌려드리다 결국 어느 순간 펜을 다시 돌려받지 못한 나의 찝찝함과 불편함을 호소했던 짧은 글이었고 정보가 담긴 유익한 글도 아니었을 뿐더러 어떠한 교훈도 없다. 그리고 순식간에 다음 메인 페이지 및 카카오 탭, 다음 모바일에서 엄청난 조회수를 자랑하기 시작했다. 어쩌다 하루에 1-2명꼴로 늘기만 했던 밋밋했던 공간에 갑자기 5-60명 이상의 구독자가 떡 하니 생겨버렸고 10개의 글을 올려도 하나의 글이 천 이상을 달성하기도 어렵사리 한 유능한 브런치의 작가님들 사이에서 신입작가 나부랭이인 내게 조회수 12만이라는 엄청난 쾌거를 안겨주었다.

가만 보면 브런치의 글쓰기와 우리 인생은 묘하게 닮았다. 누가 봐도 이 글은 잘 쓴 글이고 조회수가 터질 것 같은데 100도 안 나오는 글들이 있기 마련이고 열심히 며칠 동안 써오다가도 어느 순간 구독자도 안 늘고 뭔가 정체된듯한 아쉽고 답답한 날들도 있다. 처음엔 글쓰기가 좋아 시작했는데 작은 숫자 하나하나에 연연 해지는 내 모습을 보자니 어처구니가 없기도 하다. 그러다가 언제 그랬냐는 듯 오늘같이 갑자기 몇 십만 회기 터지는 기쁜 나날도 있다.

우리의 인생도 그렇다. 분명 내가 할 수 있는 최선의 노력을 다한 것 같은데 누군가 알아봐 주지 않을 때, 누구보다 열심히 사는 것 같은데 남들에 비해 나만 여전히 똑같은 자리에서 맴도는 것만 같은 정체된 느낌이 들 때. SNS처럼 차라리 수치화된 좋아요와 댓글의 개수처럼 어느 누군가에게 무한한 칭찬과 인정을 받고 싶을 때, 그리고 생각지도 못한 순간에 불현듯 찾아온 행운과 기회에 가슴 뛸 듯 기쁠 때.

누군가 그랬다.

"브런치에 글 쓰는 게 돈이 되긴 해?"

"돈도 안 되는걸 왜 해?"

이렇게 글을 쓰면 돈이 되냐고? 아니다. 조회수 12만 아니 100만이 된들 달라 질건 없다. 갑자기 내 계좌에 조회수와 구독자만큼 수익이 꽂히는 것도 아니다. 하지만 한 가지 다른 점 이 있다면 나의 마음가짐이다. 많은 사람들이 볼수록, 익명의 구독자가 늘수록 그저 더 꾸준히 글을 써야겠다는 마음뿐이다. 그리고 무엇보다 행복하다. 이 '글쓰기'를 통해 내 삶의 질이 조금씩 변하고 조금 더 나은 나로 변하는 길을 터주기도 한다. 그러다 보면 신은 우리에게 생각지도 못한 '감동'을 주시는 것 같다. 오늘날과 같은 행운을 말이다. 나의 글엔 이따금 비판의 댓글도 달리기도 하고 어떤 글엔 라이킷과 공감의 댓글들이 넘쳐흐르기도 한다. 그들의 의견 또한 존중한다. 어쨌거나 귀한 나의 독자들이니까.

그럼에도 나는 그저 어느 때처럼 꾸준히 내 공간에서 글을 쓸 거다. 이곳은 온전히 '내 이야기'가 담긴 공간이니까. 요행을 바라지 않고 살다 보면 내 인생도 오늘과 같은 '감동'의 날들이 찾아오지 않을까. 모든 일이 그렇다. 반복적인 일상과 단조로운 삶 속에서도 그 안에서 소소한 행복을 찾고, 자신의 자리에서 최선을 다하며 꾸준히 자기 스타일대로 멋진 이야기를 하나씩 만들어나가는 사람들에겐 유달리 기회와 행운이 더 많이 찾아오는 법이다. 그들은 인생의 주인을 '나' 자신으로 두어, 행위 자체를 즐기는 마음가짐으로 살아가니까.

곰곰히 생각해보았다. 조회수 12만의 의미는 뭘까. 지금껏 잘하고 있으니 조금만 더 힘을 내라는 메시지가 아닐까. 비단 글쓰기뿐만 아니라 내 인생에서 앞으로도 빵빵 터질 날들이 많으니 지금처럼 꾸준히 성실하게 살다보면 꿈에 그리던 행운의 기회가 펑하고 찾아올 테니까. 그렇게 나의 자리에서 꾸준히 '글'을 쓰다보면 '인생'이라는 멋진 책 한 권이 만들어지겠지? 글을 쓴다는 것은 삶을 쓰는 것이라고 했다. 이게 바로 내가 글을 쓰는 이유다

어제보다 더 나은 내가 되기 위해서

내 삶에 내가 주인이 되기 위해서

어른들에게도
놀이가
필요해

스물아홉이 되던 해

코로나로 인해 처음으로 많은 시간들이 주어졌고 오로지 나만을 위한 '쉼'의 시간들을 보내기로 했다. 어떻게 하면 잘 놀면서 잘 쉴 수 있을까 고민했고 회사를 통해 만난 멘토분의 도움으로 오티움 이라는 책을 추천 받아 '내적 기쁨을 주는 능동적 휴식활동' 오티움 1년 프로젝트를 시작하기로 했다. 그리고 나의 삶은 달라지기 시작했다. 쉼 없이 달려오기만 했던 나였기에 쉬면서도 무언가 해야 한다는 압박감이 컸고, 과정보단 늘 눈에 보이는 결과만 집중했었는데 이 책을 통해 삶에 대한 마음의 여유가 생겼고 꼭 무언가를 성취하거나 이루지 않아도 마음이 편안해졌다. 조급했던 내 삶에 조금씩 균형이 잡히기 시작했고 오티움은 결과보단 과정을 즐기는 법을 알려줬다.

내게 오티움은 '운동, 공부, 사업' 이 세 가지였다.

첫째, 운동을 시작하다

갑자기 찾아온 휴식으로 폭식을 했고 인생 최대 몸무게 60을 찍어버렸다. 맞던 옷들이 맞지 않고 거울을 볼 때마다 내 자신이 한심하고 초라해 보이니 사람들을 만나는 것도 연애를 하는 것도 어렵게만 느껴졌다. 그리고 결심했다. 건강하게 살을 빼기로! 비행을 하면서도 다이어트는 하기 싫은 숙제 같은 존재였는데 꾸준히 운동을 시작했고, 10키로 감량에 성공했다. 살을 빼니 자신감이 생겼고 무엇보다 나 자신과의 약속을 꾸준히 지키고 있다는 것에 뿌듯함이 생기기도 했다.

둘째, 공부를 시작하다

바쁘다는 핑계로 늘 미루기만 했던 영어와 중국어 자격증을 갱신했다. 어학 자격증 이외에도 중국어 강사 자격증과 어린이 중국어 지도자 자격증을 취득했는데 늘 정해진 기간 안에 쫓기듯이 준비했던 지난날의 시험이 아니라 나 자신을 위한 공부라고 생각하니 무엇보다 즐겁게 공부할 수 있었다.

셋째, 사업을 시작하다

언제나 꿈꿔왔던 교육사업에 도전했다. 내가 가진 능력과 경험을 필요로 하는 사람들에게 좋은 영향력을 주는 것이 가장 큰 목표인데, 클래스톡이라는 교육 플랫폼을 통해 중국어 온라인 강사 활동을 준비하고 있다. 지금 같은 디지털 노마드 시대엔 인터넷 사업만큼 영향력 있는 사업이 또 있을까 디지털노마드 협회에 가입해서 1인 강사로 활동하시는 유명한 강사분과의 모임을 가지며 앞으로도 외국어 교육 및 예비승무원들을 위한 교육 양성사업에 매진할 예정이다.

또한, 어렸을 때부터 늘 패션에 관심이 많아 '쌍둥이 모델'이라는 콘셉으로 쇼핑몰을 운영하고 싶었는데 이번 기회에 그 취미를 살려 온라인 쇼핑몰 사업도 시작했다. 사입부터 마케팅, 판매, 배송까지 마냥 쉽진 않았지만 생각했던 것보다 훨씬 재밌어서 가장 뿌듯한 사업 중 하나가 돼버렸다. 나중에 오프라인 무인 쇼핑몰을 차리는 게 나의 목표이다.

마지막으로 책 출간 사업인데, 나의 경험이 담긴 이야기를 통해 나를 필요로 하는 분들께 최대한 많은 도움을 드리고 싶었다. 워낙 글쓰기를 좋아했기 때문에 브런치 라는 플랫폼에 익명으로 글을 쓰기 시작했고 조금씩 내 글에 관심을 가져주시는 분들이 생기기 시작하더니 어떤 글 하나가 터져 조회수 몇 십만 명을 달성하기도 하고 나의 몇몇 글들이 네이버 및 다음 페이지 메인 또는 최상단에 노출되는 등 조금씩 인정받기 시작했다. 현재 나의 꿈은 많은 분들께 선한 영향력을 줄 수 있는 '동기부여' 작가가 되는 것이다.

규칙적인 생활과 운동, 공부, 사업까지 이 모든 걸 내가 내 삶의 주체가 되어 직접 계획 해나가자 여태껏 일하면서 느끼지 못했던 또 다른 성취감을 얻었던것같다. 지난날의 성취와 행복이 '락' 이라는 감각적 차원의 순수한 즐거움이었다면, 오티움을 알게 된 오늘날의 행복은 '희'라는 정신적 쾌락의 참된 기쁨을 느끼게 해주었다. 누군가가 시켜서가 아닌 내가 원해서 한 것. 내가 원해서 주체가 되어 행하는 능동적 휴식. 이게 바로 오티움이 주는 큰 행복이다.

사실 바쁘게 일을 할 당시, 이것저것 핑계를 댄 적이 많았다. 나중에 시간이 나면, 돈이 어느 정도 모이면 등등. 하지만 문득 그런 생각이 들기 시작했다. 코로나로 인해 여행을 가지 못하게 되면서, 여행이 업인 일을 하지 못하게 되면서, 가고 싶은 곳을 맘대로 가지 못하게 되면서, 일상을 일상답게 즐기지 못하게 되면서.. 이런 날이 온들 누구라도 예측할 수 있었을까. 그러면서 일상의 소중함과 여행의 소중함, 현재 지금 이 순간의 소중함을 느끼게 되었다. 어느 날 갑자기 내 삶이 끝난다 해도 후회가 없도록 지금 이 순간 최선을 다하며 살아야겠다고 생각과 함께.

나중에' 언젠가 '라는 말은 되도록 하지 않기로.

삶은 유한하다. 그리고 우리는 그 끝이 언제인지, 어떤 식으로 다가올지 모른다. 중요한 것은 오로지 '현재'이며, 매일매일을 소중히 여기며 살아가야 할 것이다. 이미 지나간 어제처럼 오늘이, 그리고 내일이 당연한 것이 아님을 명심하면서 말이다. -내가 가는 길이 꽃 길 이다 中-

비행이 끝났다고
다 끝난 게
아니야

"
비행이 끝났다고 내 인생도 끝 인 걸까?

어려운 면접만 통과하면 다 되는 줄 알았다. 평범한 직장인에서 승무원이라는 꿈을 위해 사표를 집어 던지고, 새로운 꿈을 향해 도전하는 모든 순간이 설레면서도 짜릿했고, 질긴 노력 끝에 마침내 원하던 회사에 입사하고 사원증을 메던 그날, 더 이상 코 찔찔 찌질 하기만 했던 사회 초년생이 아닌 진정한 '어른'이 되었다고 생각했다. 취업을 위한 지극히 의무적인 자격증은 더 이상 따지 않아도 될 줄 알았고 불확실한 미래에 이리저리 밤잠은 설칠 필요도 없을 줄 알았다.

'나 이제 뭐해야 하지' '뭘 좋아하는지 모르겠어' '라며 길을 잃은 채 진로 걱정을 하는 주변 친구들의 얘기는 더 이상 나에게 해당되지 않았다. 어딜 내놔도 손색없는 부모님의 자랑거리이자 자랑스러운 딸인 줄만 알았고 매달 무거운 짐을 이끌고 한국으로 돌아갈 때면 고생했다며 나를 반겨주는 가족들에게 어리광을 부리는 것조차 행복했다. 적어도 내 인생에서 더 이상 항공사 취업만큼 힘들고 고된 여정은 없을 거라고 생각했다.

자의가 아닌 타의로 회사를 뛰쳐나올 일은 없을 거라 생각했고 그 타의 라는 것이 나의 sns를 매일 훔쳐보며 가십거리를 만들기 좋아했던 전 직장 상사와 몸에 맞지 않는 업무로 인한 스트레스와 같은 지극히 사람과의 관계에 의거한 압박이 아닌 역병이라는 자연적인 재해로 인해 허무하게 비행을 하지 못하게 될 거라곤 전혀 생각지도 아니 상상치도 못했다. 사람과의 관계에서 받아왔던 이전의 상처보다 더 답답했고 막막했다. 내가 어떻게 해결할 수 있는 부분이 아니기 때문이다.

평탄하기만 했던 내 인생엔 마치 내 그릇이 얼마나 단단한지 시험이라도 해보겠듯 '아홉수의 저주'가 찾아왔고, 그래 이왕 이렇게 된 거 올해는 질리도록 놀아보자며 자발적 백수를 자처했다. 여태껏 달려오기만 한 내 인생을 위해 아무것도 생각하지 않고 아무것도 하지 않기로 했다. 여기서 말한 아무것도 하지 않는다는 건 목적과 수단을 위한 성취가 아닌 오로지 나의 기쁨과 즐거움에 집중한 순수한 쾌락이었다.

꽉 낄 유니폼 걱정 없이 맘껏 먹고 싶은 대로 먹어댔고 역대 최고 몸무게를 찍어대며 앞 자릿수가 6으로 바뀌었음에도 불구하고 '이게 뭐 대수야 어차피 비행 없잖아' 라며 점심엔 곱창을 저녁엔 치킨 닭다리를 신나게 뜯어댔다.

힘든 비행 스케줄로 이 나라 저 나라 뛰어다니는 바람에 그 동안 자주 못 봤던 친구들과 만날 기회가 많아졌고 평일과 주말 상관없이 친구의 회사 앞까지 찾아가 이러쿵저러쿵 수다를 떨어대기도 했다. 비행 때문에 늘 눈치를 보며 마셨던 맥주를 손에 집어 들고 '이 까짓게 뭐라고!' 라며 콸콸콸 마셔대기 바빴고 9시 이후엔 통금이었던 재외 규정을 생각하니 그 동안 놀지 못했던 걸 확 몰아주기로 다짐한 채 새벽까지 친구들과 파티를 벌였다.

 그렇게 먹고 싶은걸 맘껏 먹는 생존적 자유와 그 동안 일을 하며 벌어두었던 돈을 마음껏 쓰며 금전적 자유를 동시에 얻었지만 시간이 지날수록 더 이상 노는 게 허무했고 지겨웠다. 그리고 문득, 더한 준비도 해본 내가 이대로 손 놓고 가만히 있기엔 시간이 아깝다는 생각이 들었다. 돌이켜 보면 지난 몇 년간 매달 3-4개국의 여행을 하면서 후회 없이 일과 비행을 반복했고 비행이라는 특수 직종 덕분에 월 15회 정도의 오프가 주어져 내 나이 또래 친구들에 비해 적게 일하고 많이 벌었던 나름의 꿈의 직장이라고 생각했다.

후회 없이 즐겼고 더 이상의 미련이 없기에 또 다른 꿈을 위해 그 다음을 준비해보기로 했다. 그리고 어쩌면 위기 속에서 반드시 기회가 찾아올 거라고 생각했다. 이 '위기'라고 불리는 이 위태로운 그릇을 깨트리지 않고 잘 다듬고 닦아내면 오히려 이전보다 더 많은 것을 다양하게 담을 수 있는 기회가 될 거라고 생각했다. 하지만 이번엔 타인에게 증명하듯 어쩔 수 없이 보여주는 '수동적 준비'가 아닌 하고 싶은걸 내 마음대로 하면서 오로지 나의 '휴식'과 '취미'에 초점에 맞춘 '능동적 준비'를 해보기로 했다.

타이트한 유니폼을 의식한 의무적 다이어트가 아닌 나의 규칙적인 생활과 건강을 위해 운동을 하기로 했고, 나 자신의 지속적인 계발을 위해 매달 한 개씩 어학 자격증을 취득했다. 월급만으로는 부자가 될 순 없다며 너도나도 주식과 부동산 재테크 붐이 불기 시작했고 나 또한 부의 서행 차선이 아닌 추월차선에 뛰어들었다. 재테크에 관련된 서적과 강연을 듣기 시작했고 돈이 스스로 굴러가는 대표적인 3가지 시스템인 유통, 창작, 의도적 뒤풀이를 이용한 사업소득을 얻고자 취미를 살린 쇼핑몰 사업으로 유통을 시작했고, 유학시절부터 좋아했던 글쓰기를 통해 창작 사업을 시작했다.

꾸준히 글을 쓰자 출간제의가 오며 적지 않은 수입으로 사업소득이 생겼고 현재는 내가 좋아하는 작가님을 통해 또 다른 기회가 생겨 새로운 글쓰기 프로젝트를 진행하게 되었다. 돌이켜보니 이 모든 게 위기 속에서 찾은 기회였다. 모든 일이 다 그렇다. 나쁜 일 뒤엔 좋은 일이 찾아오고 시련과 아픔 뒤엔 반드시 달콤함이 찾아온다. 인생은 한 치 앞도 알 수 없다고 하지만 언제나 고진감래의 연속인 건 분명하다. 고난과 역경 속에서도 다시 일어나고, 꿈을 잃다 가도 다시 새로운 꿈을 향해 다시 내가 좋아하는 일을 찾아 도전하면 된다. 어찌 보면 비행과 우리들의 인생도 참 많이 닮았다.

나의 울타리이자 보금자리였던 집을 나와 여러 차례의 수속과 준비를 마친 후 들뜬 마음으로 기내에 탑승하지만 예상치 못한 난기류를 만나기도 한다. 예전엔 그런 난기류를 만나면 지레 겁을 먹고 식은땀을 흘려댔다. 하지만 지금은 그 어떤 난기류에도 흔들리지 않는다.

길다면 길고 짧다면 짧은 시간 동안 지친 내 몸과 마음을 재충전할 수 있었고 그 휴식의 시간 덕분에 또 다른 기회를 얻고 다시 일어서는 법을 배울 수 있었기에! 그럴 땐 그냥 '언젠가 지나가겠지' 하는 마음으로 옆에 있는 안전벨트를 꽉 붙들어 매기만 하면 된다. 일정 구간을 지나면 어느덧 내가 원하는 나라, 원하는 세계에 다다르게 될 테니까. 잠깐의 난기류에 두려워할 필요도 걱정할 필요도 없다.

위기(危机)는 어쩌면 지금 너무 위험하니 잠깐 멈추어 서서 쉬어가라는 신호가 아닐까. 곧 찾아올 기회(机会)를 위해 잠시 숨 고르기를 하라고! 그러니 비행이 끝났다고 다 끝난 게 아니다. 숨을 크게 들이마시고 다시 또 수속과 탑승 준비를 하여 새로운 탑승 길에 오르면 된다. 그러다 보면 또 다른 세계의 내가 원하는 목적지에 도착할 테니까 말이다. 그전까지 우리는 잘 준비하고 잘 쉬어주면 된다. 그래도 괜찮다.

오늘도 나는 꿈을 꾸고 도전한다

훨훨 날아오를 내 모습을 기대하며!

이 글을 쓴 이유는 갑자기 찾아온 팬데믹 이라는 '위기' 속에서 얼마든지 '기회'를 잡고 도전할 수 있다는 걸 말씀 드리고 싶어서 에요. 꿈을 이뤘지만 더 이상 무엇을 해야 할지 몰라 고민하는 이들에게. 그리고 지금도 아홉수 라는 힘든 시기를 겪는 모든 분들께 조금이나마 위로가 되길 희망합니다.   -아홉수 승무원-

인생에
쉼표가
필요한 이유

2020년, 누군가에겐 위기일 수 있겠지만 내겐 그 어떤 해보다 값진 휴식의 기회였다. 길면 길고 짧다면 짧은 시간이었지만 29년 동안 가장 큰 환경의 변화의 시기였고 덕분에 여러 분야에 도전할 수 있는 시간들이었던 건 확실하다. 단언컨대 승무원 생활은 나의 인생에서 나라는 사람을 가장 빛내준 최고의 시간이었고, 내 인생의 황금기이자 젊었을 때 누릴 수 있는 선망의 대상이었고, 꿈의 직업이었던 건 확실했다. 몇만 명의 경쟁자들을 제쳤다는 뿌듯함과 외국계 대기업에 다니는 자부심, 동기와 선배라는 명목의 항공사 특유의 소속감, 같은 또래

들에 비해 높은 연봉과 자유로운 근무환경, 그리고 매일 새로운 동료들과 함께 전 세계를 무대로 여행할 수 있는 설렘까지.

오롯 나의 노력으로 일궈낸 자랑스러운 결과물이었고 나름 인생의 한 획을 그었다고 생각했다. 내 나이 또래 주변 그 어떤 친구도 부럽지 않았다. 힘들 만큼 힘들었고 또 그만큼 누린 행복도 컸으니까. 다시는 돌아가고 싶지 않을 정도로 열심히 면접 준비를 했고, 힘든 교육 생활을 버텨내서 정식 승무원이 되었을 때 그 후의 삶은 탄탄대로였다. 인생은 고진감래처럼, 고생 끝 낙 이 온다는 말은 틀리지 않았다. 매일이 꿈만 같은 시간들이었으니까. 하지만 그리 오래가진 못했다. 불안정한 타지 생활과 불규칙한 스케줄에 신물이 나기 시작했고, 쉬는 날에도 울리는 업무공지와 엄격한 각종 규정 때문에 하루도 맘 편히 쉬어본 적이 없었고, 무엇보다 가족이 그리웠고 나도 한국에서 남들 다 하는 연애도하면서 평범하고 안정적인 삶을 살고 싶어 졌다. 너무 간절했던 걸까

스물아홉, 아홉수가 되던 해 경자년 2020년.

코로나라는 역병이 돌기 시작했고 더 이상 일을 하지 않게 되었다. 처음엔 너무 좋았다. 이 참에 안정적인 삶을 살아야겠다며. 하지만 집에 있는 시간이 많아져서인지 가족들과 자주 충돌하며 마음에도 없는 말로 서로 상처주기 일쑤였다. 그땐 왜 몰랐을까. 그런 내 모습을 지켜보는 부모님의 마음은 더 찢어질 듯 아팠다는 걸. 남들이 툭 내뱉는 말 한마디에도 괜히 예민해지다 보니 새로운 사람들을 만나기도 싫어졌고 그래서 같은 처지에 있는 동기들과 자주 만났는데, 그렇게 만나고 돌아오는 길에도 늘 걱정과 고민에 가득 찬 나날뿐이었다.

하지만 인생은 어차피 고진감래. 내리막길이 있으면 오르막길이 있고, 비가 온 뒤엔 땅이 굳고, 추운 겨울이 지나면 따듯한 봄이 찾아오듯, 봄날은 반드시 오기 마련이다. '쉼'이라는 시간 속에 그 동안 해보고 싶었던 것들을 도전하며 내적 변화도 생겼고 오랜 시간 비행을 하지 않으니 외적으로도 큰 변화가 생겼다. 두꺼운 화장을 하지 않아도 되니 피부가 좋아졌고 좋아하는 친구들과 언제든지 약속 잡고 만날 수 있는 여유로운 시간들이 생겼고 더 이상 새벽마다 울리는 알람 소리를 듣지 않아 행복했다. 무엇보다 늘 무거웠던 3중의 캐리어와 꽉 끼는 유니폼, 탈모를 유발했던 어피어런스, 틀에 박혀있는 지정 네일을 피하니 전체적으로 몸이 건강해졌고, 제때에 밥을 챙겨 먹고 꾸준히 운동을 하니 규칙적인 생활을 유지할 수 있게 되었다.

답답한 호텔 생활을 비롯한 타지 생활에 마침표를 찍자 불안정했던 나의 삶이 점점 안정된 삶으로 변하기 시작했다. 그리고 그때 느꼈다. 이번을 계기로 더 이상 내 인생에 타지 생활은 하지 않기로. 매일 공항으로 향하던 새벽 출근길엔 미처 보지 못했던 아름다운 풍경도 만날 수 있었고, 하루 종일 꼭 대단한 걸 이루지 않아도 행복했던 시간들이었다. 왜 그땐 몰랐을까. 조금만 고개를 돌려봐도 예쁘고 아름다운 게 많았는데 너무 빨리 가려다 보니 멋진 풍경과 좋은 사람을 만날 기회를 놓쳤던 것 같다. 일상의 소중함을 모른 채 작은 소확행 하나 즐기지 못했던 지난날의 바쁜 삶이 원망스러웠다. 이토록 앞만 보고 살아왔구나. 참 긴장하며 살았구나 나.

그런 면에서 아홉수가 꼭 나쁜 것만은 아니라는 생각이 들기 시작했다. 천천히 가면서 삶의 여유가 생겼고 눈으로 마음으로 담을 수 있는 것들을 가득 채울 수 있는 시간들이었으니까. 10이라는 완성의 나를 위해 잠깐 쉬었다 가라는 인생의 작은 쉼표가 되어주었으니까. 그래서 난 믿는다. 힘든 일 뒤엔 반드시 좋은 일이 생길 거라고.한 치 앞도 모르는 인생에 그 어떤 것도 확신할 순 없지만, 살다 보면 자신의 의지와는 상관없는 불행이 닥치기도 하고 원치 않는 선택의 순간이 늘 놓이기 마련인데, 그 어느 누구도 고꾸라지지 않는 평탄한 인생길은 존재하지 않는다고 한다.

고로 삶이란,

'어떻게 하면 넘어지지 않을까' 가 아닌,

뜻하지 않게 넘어진 이 순간을

'어떻게 하면 다시 잘 일어서느냐' 가 중요하다는 것.

아무것도 없는 하와이의 황무지, 쉬어가기, 그래도 좋다

불과 며칠 전까지만 해도 곧 다가올 서른이라는 단어가 부정적으로 느껴지기만 했는데, 잘 일어서는 법을 알려준 인생의 쉼표라는 시간 덕분에 새로운 출발선 앞에 있는 지금 이 순간 말로 표현할 수 없을 만큼 설레고 뿌듯하다.

#글을 마치며

화려하고 휘황찬란했던 승무원 생활이 좋았어요. 힘든 일도 많았지만 승무원이란 직업을 선택한 것에 단 1프로의 후회도 없으니까요. 너무나 자랑스럽고 행복했고 다시 태어나도 해보고 싶은 최고의 직업이자 해보지 않으면 절대 알 수 없는 인생의 황금기를 만들어준 직업이었어요. 하지만 다시 돌아가진 않을 것 같아요. 이젠 그 동안 해 보지 못했던 것들을 해보려고요. 쉼표를 통해 새로운 것들을 향해 도전하며 새로운 삶을 시작해 나갈 거예요.

제 글을 읽고 있는 귀한 독자 여러분들께서도 나아가 혹은 아홉수 라는 아픈 시기를 겪고 있는 모든 분들도 '쉼표'라는 시간을 통해 그 동안 돌보지 못했던 내 마음을 다시 재충전하시어 인생에서 가장 아름다운 봄날이 찾아오길 희망합니다.

쉼표는 마침표가 아니다.

쉼표는 끝이 아닌 또 다른 시작일뿐.

비행은 끝났지만 오늘도 나는 새로운 꿈을 꾸고 또 다시 도전한다!

아홉수
승무원의
점집이야기

> **"**
> 내년엔 사업을 할 거래. 너 그 회사 나오게 될걸

아홉수는 흔히들 잘 풀리지 않는다고 한다. 이 시기에는 몸이 아프기도 하고 하는 일마다 미끄러지며 '아홉수 우리들'의 웹툰처럼 직장, 연애, 시험 어느 하나 내 뜻대로 되지 않는다고 한다. '에이 그런 게 어딨어! 그까짓 거 다 미신이야'라고 말했던 내게 벌이라도 주는 듯 올해 아홉수가 되던 해, 유독 예상치 못한 일들이 연거푸 일어났고 더 이상 비행을 하지 못했다. 그리고 문득, 2019년 11월쯤 그래, 정확히 1년 전쯤 마치 뱀을 연상케 하는 눈을 가진 용한 무당 아저씨의 말이 생각이 났다 그날은 마스크 없이 거리를 종횡무진하던 코로나 없는 11월의 어느 평범한 겨울날이었다. 연애에 한이 맺힌 터라 소위 그쪽 분야에? 정보가 빠삭한 친구의 적극 추천으로 논현동의 한 점집을 다녀왔다. 두둑이 현금을 챙기고 떨리는 마음으로 발걸음을 향했다. 예쁜 버건디의 원피스를 입고 조신하게 자리를 앉자 나를 위아래로 쓰윽 훑으시더니 잠깐 앉아있으라며 곧장 주방으로 가시더니 허연 연기를 연거푸 내뱉으시며 담배를 뻑 뻑 피우시는 게 아닌가. 곧이어 박카스 한 병을 턱 하고 건네주시며 자리를 앉으시더니 묻지도 따지지도 않고 말씀하셨다.

" 본인이 관성 사주인 건 알지?"

> * 관성 사주: 명예와 권위를 뜻함. 귀격 사주라고 하는데 관성은 관운이니 공무원 군인 경찰 검찰 등 관직과 관련이 있음.

생년월일도 말한 적이 없는데 공책 한 권을 꺼내시더니 버억 버억 무얼 자꾸 쓰신다.

"일복이 있을 땐 연애가 잘 안되고 연애가 잘되면 일이 잘 안풀릴거야. 특히 내년엔 자꾸 너껄 한다고 할머니가 그러시네~."

다시 바삐 공책에 본인만 알아볼 수 있는 낙서 비슷한걸 계속 쓰시더니 나를 뚫어져라 쳐다보면서 말씀하셨다.

"

자꾸 너껄 한대 너꺼!

너 사업을 할 거래 지금 다니는 회사 나오게 될거야

아마 내년 10월에서 11월쯤 너꺼 한다고하시네

"네?? 저 지금 회사 좋은데. 내년까지도 아마 비행하고 있을걸요? 혹여 그만두더라도 서른 살 즈음 그때 딱 그만둘 거예요~ 그때 한국에 아예 정착해서 안정된 연애할거에요!"

'적어도 난 서른 살에 사업을 할 거야' 하고 노래를 부르고 다녔던 나이기에 잘 다니고 있을 직장을 때려치우고 당장 내년 스물아홉, 그것도 아무것도 하지 않는 게 좋다는 아홉수에 내 사업을 한다니. 회사가 망하지 않는 이상, 아니 어쩌면 천재지변의 무시무시한 역병이 창궐해서 전 세계적으로 패닉이 덮쳐 항공업계가 대거 망하지 않는 이상 내가 이토록 좋아하는 이 직업을 그만둘 리 없을 거라고 생각했다.

그만큼 승무원이라는 이 직업은 일과 휴식을 최고로 만끽하게 해 준 워라벨의 대명사였고, 전 세계를 비행하고 여행하는 낯선 설렘은 여전히 날 가슴 뛰게 만들어 주었다. 게다가 외국계 최대 메이저 기업의 직원이라는 뿌듯한 소속감과 함께 자신이 좋아하는 일을 하면서 높은 임금을 받는 이 행복한 순간이 나름 우리들 인생의 황금기를 거머쥔 성공적인 루트를 밟고 있다고 생각했으니 말이다.

대수롭지 않게 점집을 나왔고 어느덧 1년이 지났다. 2020년의 11월의 매서운 겨울. 코로나라는 역병이 진 세계를 무섭게 강타했고, 전례에도 없던 인원감축, 정리해고, 무급휴직 등의 기사는 보란 듯이 실현되었다. 휴직과 퇴사를 오가며 많은 시간이 주어졌고 긴 고민 끝에 결심했다. '서른엔 사업을 해야지' 하고 노래를 불러댔던 그 사업을 앞당

겨 시작해보기로.

그리고 정확히 10월 15일

트윈룩 쇼핑몰사업을 시작했다. 그날 뱀눈 아저씨의 말씀이 이런 거였을까. 어쩌면 코로나 덕분에 머릿속에서 그려보기만 했던 사업을 곧장 시작할 수 있는 계기가 주어졌다. 이렇게 될 줄 알았으면 그때 지금 이 사업이 대박이 터질지 어떻게 될지 더 깊이 물어볼걸 하는 괜한 아쉬움만 남는 요즘이다.

그럼 지금이라도 가면 될 것을 왜 머뭇거리냐고? 뱀의 눈을 연상케 하는 등골 오싹한 그 무당 아저씨의 말씀을 뒤로한 채 연신 콧방귀를 뀌며 문밖을 나섰던 그날 밤부터 이상하게 약 한 달간 계속해서 뱀꿈을 꾸어댔다. 어떤 날은 내 몸집만 한 커다란 구렁이가 나오기도 하고 또 어떤 날엔 형형색색의 오만 뱀들이 긴 혀를 내 두루며 나를 조롱하듯 악몽에 시달렸던 최악의 한 달이었기 때문이다. 여전히 그때를 생각하면 밤잠을 설친다.

승무원이라는 인생의 황금기이자 전성기였던 바쁜 나날 속의 인생 제 1막을 거두고 지금은 온전한 휴식과 함께 취미생활을 즐기는 요즘이다. 오전엔 글을 쓰며 오후엔 쇼핑몰 촬영을 나간다. 이토록 편안한 삶이라니! 지금은 쇼핑몰 사업 이외에도 책 출간 사업과 어학 교육 사업을 앞두고 있다. 고맙게도 내년엔 흰 소의 해, 바로 나의 태몽인 소의 해이다. 왠지 모를 좋은 일들만 일어날 것 같은 예감이 든다. 비가 오고 난 뒤 땅이 굳는 것처럼 밑바닥만 죽죽 내리 쳐대는 내리막길 인생만 있으리란 법도 없다.

더 이상 듣기만 해도 숨이 턱 막혀버리는 보수의 끝판왕을 자랑하는 항공사라는 집단 속의 지긋지긋한 직장인이 아니라 나 자체가 주체가 되는 내 사업을 도전하는 인생 제2막을 앞둔 지금 이 순간, 그 어느 때보다 떨리고 행복하다. 불안한 떨림이 아닌 설레는 떨림이기에.

나에게 큰 변화와 '쉼'을 가져다 준 2020년 덕분에 잘 준비된 서른을 맞이할 수 있을 것 같다. 그래서 항상 생각한다. 나쁜 일이 다가오면 곧 좋은 일이 들어오겠구나 하고 말이다. 그리고 이놈의 아홉수 가 꼭 나쁜 것만은 아니라고.

2020년 나의 아홉수는 온전히 나를 위해 쉬어주고 지금까지 걸어왔던 길을 다시금 되돌아볼 수 있게 만들어준 쉼표의 해이다. 아마도 서른이 될 2021년 흰 소의 해엔 지금처럼 계속 나의 자리에서 성실하게 꾸준히 도전하는 해가 되지 않을까

그래도 한 번쯤 그 뱀눈의 무당 아저씨에게 다시 찾아가서 묻고 싶다.

지금 제 사업, 앞으로 잘될까요?